读·品·悟在文学中成长

中国当代教育文学精选系列

丛书主编：高长梅　王培静

在您的青春里，望我的青春

秦湄毳　著

花山文艺出版社

河北·石家庄

图书在版编目（ＣＩＰ）数据

在您的青春里，望我的青春 / 秦湄毳著. -- 石家庄
：花山文艺出版社，2013.12（2024.6 重印）
（读·品·悟：在文学中成长·中国当代教育文学
精选系列 / 高长梅，王培静主编）
ISBN 978-7-5511-1526-1

Ⅰ. ①在… Ⅱ. ①秦… Ⅲ. ①散文集－中国－当代
Ⅳ. ①I267

中国版本图书馆CIP数据核字(2013)第259025号

丛 书 名：读·品·悟：在文学中成长·中国当代教育文学精选系列
丛书主编：高长梅 王培静
书 名：**在您的青春里，望我的青春**
 ZAI NIN DE QINGCHUN LI WANG WO DE QINGCHUN
著 者：秦湄毳

策 划：张采鑫
责任编辑：于怀新
特约编辑：李文生
装帧设计：北京九洲鼎图书有限公司
美术编辑：王爱芹
出版发行：花山文艺出版社（邮政编码：050061）
 （河北省石家庄市友谊北大街330号）
销售热线：0311-88643299/96/17
印 刷：三河市中晟雅豪印务有限公司
经 销：新华书店
开 本：710mm×1000mm 1/16
印 张：9
字 数：115千字
版 次：2014年1月第1版
 2024年6月第4次印刷
书 号：ISBN 978-7-5511-1526-1
定 价：49.80元

CONTENTS
目录

第一辑 一树桂花静静开

第二辑　成长是破茧的痛

CONTENTS

目 录

✿ 第三辑　少年时代的乐土

第四辑　树洞里的秘密

CONTENTS

目录

第五辑　际遇的芳香

一树桂花静静开

长安街头的音乐厅

傍晚时分，漫步长安街，我向府右街走着，一群戴着黄色、蓝色安全帽的工人引起我的注意。

这个队伍实在是太长了，看到这么长的队伍，我索性不走了，停下来看他们浩荡的模样，这么长，这么长，过了这么久，队伍还拉得很长，我好奇地开始计时，半个小时还要多——这样的队伍，从府右街转去长安街，走下地下通道，走到路的对面去，也有的沿了长安街这一侧向西而去，我不好追踪，只是望着他们远去，那些身影在初春的夕阳里，红灿灿的，很明媚！

马路对面，有人举了长长的摄像机，对着他们，对准他们——蚁群一样壮观的队伍，音符模样的身影，纯朴带着灰尘的脸庞……我猜想着镜头的立意，想着流淌在这都市的大街上，是一首怎么样的歌。

南望的时候，我的视线追寻着这劳动者的队伍，目光却被"北京音乐厅"那几个字高大的躯体挡回来。音乐厅吸引了我，转移了我的注意力，我想今天晚上那里会上演跳跃哪些音符，奏响怎样的乐章。

"叮咚""叮当""当当当——"从我身边走过去，我听到清脆、苍劲、粗重、简练的声音，各样的声，各种的音，仔细辨认，原来是工人们身上带的劳动工具、缸碗筷勺在歌唱。

腰间系着安全带，安全带上挂着这样那样的工具，叮当作响，我看出来，他们是高空作业的工人们，粗的手，沾满灰的衣，脸上似乎也有土蒙蒙的一层，想那是灰，是尘，是劳作的尘，也是红尘的尘吧。

我听到的清脆的，是那茶缸、钢碗、勺子相碰，相敲击的声音，很多的工人手里，提着拎着攥着饭碗、水杯、勺与筷子，走起来叮咚响的是它们，和着他们匆匆忙忙的脚步，有些欢快地叫着，唱响在黄昏里。

钳子、板子、起子、钢丝绳、铁钎子……这样那样的声音，从我的眼里蹦极一样蹦起来，飞到"北京音乐厅"的顶，訇响着，遇了远远的近近的，街头的，天边红红的晚霞，不落下去，不跑进西天里，红霞，工人们的脚步声，谈笑声，叮当的工具、餐具和鸣，这是一曲交响，这是一部重奏……

谁是演奏者呢？哪里是音乐厅？

我有些分不清。

终于，长长的队伍从我身边呼啸着走过去了，全都走过去了，可是后面还有稀稀落落的三三两两的人，这时我才发现，其实走过去的队伍里，正在擦肩而过的，不光有男，还有女，不光有年青，还有年老些的，我想起那音符的模样，音色的多层，音质的类型……分明，这就是一个音乐厅，走在大地上，走在城市的街头——我也明白，是他们奏响了城市的云天，他们弹奏出高楼大厦的欢声，他们拨响了大马路的乐弦，草木里的阳春白雪，砖瓦缝隙的下里巴人……城市的音乐，曲谱的一草一木，音符的一丝一竹……他们粗拙又灵巧的手，沾了灰，带了泥，奏响了——奏响了城市的音乐，他们是　座音乐厅——他们是北京城群普通的"农民工"——"进城务工人员"——我索性称呼他们"工人"——做工的人——做工的兄弟姐妹，在城市工作着的农民兄弟、农民姐妹们。

他们走着，歌着，在这城市的街头，在这京都的傍晚，在这大地初春的傍晚红霞里，我听到北京音乐厅里奏响的佳音——怎么也比不过，与我擦肩走过的这个流动在大地上的音乐厅，他们的工作服摩擦着我的白色棉袄，白棉袄的白，空空的——蹭一下，擦一下，这里，那里，那白色里，粘了劳动的快乐，满是行走的充实。

心头有一件白棉袄也歌唱起来——附和着，赞叹着，这艳了美了壮观了我们的城市，我们的首都，我们的生活的——戴着安全帽的"音乐厅"……

"嚓——嚓——叮当——咚咚——"此刻，它响在中国最美丽的一条街上。

初春的大地上，我听到最美好的乐音。

难道，你没有感觉到——他们是一座音乐厅？

会 跳舞的书桌

曾经渴望一张很大很大的书桌，大得我可以在上面跳舞。

曾经有过一间很大很大的书房，那是爸爸单位的大仓库。

那一年，家里的房子被拆掉。我搬进了这个大仓库。

那是我住过的最大的一间房，用过的最大的书房。那里边没有桌子，我趴在我的小床上，写了 3 年的作业，直到我的新家搬进高高的家属楼。

每到夜晚，我都安静地趴在小床上写作业，读书，爸爸妈妈有时会从门缝里对我说,早点睡吧,明天上学早起!

带着弟弟住在附近一间小房子里的爸爸妈妈,晚饭后每每把我锁在里面。

那一段时光也是空旷的,空旷得无边无际。

那时我读小学四年级,还在那样的大书房里考上了省重点中学。

同样,也是在那个大书房里,我开始尝试给少儿杂志投稿。

住在那样的大书房里,我感觉有好多东西可以尽收眼底,世事、人情、快乐、忧伤,还有好多光和影……

我那时年少单纯幼稚,却也能够感觉到心灵既空旷,又美丽。

我对爸妈说,这样大的书房,我需要一张和它相匹配的书桌。

爸爸听了,吓一跳;妈妈听了,却哭了。

我嘻嘻哈哈,打趣妈妈,不要掉"金豆"哦。

那个一直想要把我认作干女儿的阿姨知道了,在我们搬进新居的时候,送了当时市面上买得到的最大的一款写字台给我。

多少年过去了,大得可以跳舞的写字台,已不是我的梦想。

也许梦想太多,它挤不进我的梦;也许那张书桌太大,它撑破了我的梦。

小女子的梦,哪里需要那样大?

我静谧地生存在岁月深处,安然地工作、结婚、生子、理家、过日子、度生活。

那间大书房,那理想的大书桌,遁形在日子的匆忙里,生命江河的静水深流里。

我依然偶尔写字,却总是被亲人"抨击",不如看电视更休闲,散散步更健体!

那一日午夜静静醒来,却突然想起,少年时住过的那大书房里的空气——那空旷美丽的感觉。我想起,我曾经想要一张可以跳舞的写字台。

起夜的先生问我，怎么不睡？我说，一张书桌来访……

后来发现，在我再胡乱敲打键盘的时候，先生不再有事没事地支使我倒杯水，拿拖鞋，给孩子削铅笔了；妈妈呢，也不再捏着耳朵把我往操场上撵，她只是说，注意锻炼身体才好；孩子悄悄告诉我，爸爸和姥姥说，支持你用稿费买回一张大书桌。

我一下子脸红了……不好意思地给孩子说，妈那是瞎说，哪能当真？

孩子一本正经地说，妈，你说的，要做一个有梦的人，安放灵魂！

我说过吗？我的灵魂已安放在——咱家里。

孩子拉来姥姥和爸爸。妈，我们都是你的"大书桌"！我连连点头，孩子得意地笑。

先生和姥姥拉过孩子，还是让你妈在她的大书桌上跳舞吧。

孩子迷惑不解，我妈还没有换大书桌呢？先生道，妈妈写的字，就是她的大书桌。姥姥更是个老知音，你妈呀，写字就是跳舞。

冲着认真注视我的孩子，我说，心有多大，舞台就有多大。

童年的大书桌哦，你依然藏在我心里……写啊，写……大书桌，会跳舞，翩跹我心。

静静地，静静地，不要说，不要说，你看——看——那条会跳舞的风景线！

在 你的青春里,看望我的青春

拖着行李,雨中走进河南大学培训中心,步上楼梯的那一刻,一缕清爽的芳香扑入我的鼻。

花香扑面而来的那一瞬,我在雨水里行走的落寞与辗转赶路的尘埃,顿时一扫而光,心儿一下明亮起来,晶晶闪烁的,是一树一树金灿灿的桂花,还有我重回大学校园的兴奋。

喜欢秋高气爽,更喜欢秋日校园里那份更为独有的宁静和疏朗。

于是,在桂花飘香的清晨,我早早地起床,奔跑着扑进芬芳弥漫的校园。

处心积虑——我要去看那些干净的脸,清澈的眼——看它们是不是在花香里流淌成河,成青春的歌,岁月的天籁——这样的天籁,我迷恋。

这一次培训,使得远离校园许多年的我又重新回到菁菁校园,当然,此时,我已是孩子妈,同室的,一同来学的,哪个又不是当爹当娘的呢。

看望青春的眼神,充满沉浸和欣欣然的羡慕——我是这样的,同行的"同学"们亦然,充满了羡慕,嫉妒,爱——爱校园里沸腾着的青春,爱青春弥漫的校园,这氛围,这情调,更有一个一个情节,一个一个细节——排队打水的水壶,铺天盖地晾晒的被子,怀抱书本的行走,拎着早餐赶课堂的匆匆忙忙,还有那一逗一乐一趣笑,一闪而过飞扬的长发,偶

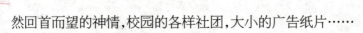

然回首而望的神情，校园的各样社团，大小的广告纸片……

——如果青春重来，我依然如故——"水来，我在水里等你；火来，我在灰烬里等你"，不会改变。

"多情"如我，在同室"妈妈版同学"还在呼呼大睡的时候，我轻手轻脚拈了房卡，跑出房间，扑入桂花澎湃着的芬芳校园——一次，又一次；一回，又一回——我看不够，看不够的不知是我的青春，还是校园里学子们的青春和美好。

我只能说，我爱，我陶醉，在这桂花飘香的金秋校园——往事，纯粹，美好，花团锦簇，一幕幕汹涌而来，我的心灵如在"饕餮"，青春似美味，回忆是佳酿。

沿着大路、小路、纤径、荷塘花径、亭台回廊、楼阁青青阶……我向上，向前，向青草更青葱处漫溯，向花香至浓艳处寻访。

我看到一张张干净如晨曦的脸，一双双明澈如星辰的眼眸——在读、在背、在朗诵……琢磨、揣想、思考、求索着，那么专注、凝思、凝神——让我驻足，惹我凝视、再凝视。

我看到他们，也看到我自己——曾经站在池塘边晨读文论，曾经伫立小树旁默背单词，也曾经啊，对着天上的流云，吟诵唐诗宋词、先秦散文。

我也看到，有极少的人两两一起，同吃早餐，共一张长椅晨读晨"练"，朝阳如水的站台，亦有两个小儿女拥抱在一起，送站的，久久的，不松开。回望，回首，看着他们，那么年轻——分明就是年幼的爱情，我心上笑一笑——只管糊涂地爱一回吧，它也是青春画卷的一部分啊，我只管祝福了！

我也看到水岸边的金柳——金柳何须在"剑桥"，金柳边奋发的朗读声，金柳下闪烁求学、求索、求问、求是的眼睛，哪一波黯淡失色于志摩与剑桥的国王学院呢？哪一处潋滟也不逊于那时代，那方云彩……

哦,我爱的青春,近在眼前,青春的行云流水停驻在头顶的云端。

我诧异,回忆和现实如此之遥,又如此切近。

谁说,我不是他们;谁说,他们不是我?

青春都是一样的,美好,美妙,不可言,不必说。

我快步前行,还是在庞大的校园里"迷了路"。

我找不回,回宿舍、回到现实里的路。

路,那么多,我找不到,回到青春,回到现实的路。

穿行在学子们中间,我已不合时宜,他们群蝶展翅一般朝向教室涌动,我正逆行,往我现实的方向。

他们看我、怪异的、不解的、不以为然,视若无睹的;从我身旁走过,有慌张的、有淡定的、有幽静的、有动荡的,如楷书、如狂草;他们的步态把我掠过,掠过的,有我的羡慕嫉妒爱。爱啊,爱这走向教室的感觉。

他们并不自觉,也不知道,从他们身旁急切赶往现实住处的我,是多么赞叹,由衷礼赞。这清晨的校园,这清晨校园里的晨歌!青春之歌,岁月之歌!

要强的我,终于不再倔强。我开口问路,"呀,好远呢,你就在这里用餐好了。"年轻的男生、女生,惊叹着。站在"北苑餐厅"门前的我,却要询问回到"南苑餐厅"的路,"我要去那里找人。"我只好这么答。

是啊,找人,找的那个人,其实,就是我自己,现实里的我要在那里用餐,那里有安排好的我的餐位,而这里,没有我的位置呢。

我奔跑着,找到我的位置。

同室的,同学的——我们一同培训的"妈妈爸爸"版本的同学们,已用完餐,在慢慢下楼——你怎么才来,你去了哪里?

我去了哪里?

我去了桂花飘香的校园,我去了青春盛开的地方——我的地方,他们的地方,你也有份的地方——青春永驻的地方。

爱啊，爱这清晨的校园，因他的、我的、我们的青春——飘香着——在这校园里，梦里梦外的校园啊……

手机里，音乐轻轻地唱，我用我的早餐，就着青春的味道，就着那歌里的"似水流年"。

谁让瞬间像永远

谁让未来像从前

视而不见别的美

生命的画面停在你的脸

不曾迷得那么醉

不曾寻得那么累

如果这爱是误会

今生别的事我不想再了解

年华似水匆匆一瞥

多少岁月轻描淡写

想你的心百转千回

莫忘那天你我之间

"似水流年"的歌里，谢谢青春，谢谢你——此时，我正在河南大学，我看望我的青春啊，在你的青春里……

你是我今夏的琥珀

教了 3 年的一群孩子要毕业了。人到中年的我,对他们格外留恋。

想是,我已没有大把的时光去浪费,大片的青春可挥霍,所以,此刻,我留恋。

最后一次辅导,我迟迟没有抢到机会上讲台,不是抢不到,可能是并不想抢先。我第一个去的,却最后一个辅导。

终于进教室了。我说,我其实多么不想进来——因为讲完这一回,我就再没机会给你们上课了。孩子们睁大眼睛望我,对着我拍照,录音。

考场上的内容,我都在平时讲过,此刻,我不可能再扯着卷子拼命讲,这不是我的风格,也不是我的做派。

我说,我是跟大家道别来了。

教了 3 年,吵过的,还没来得及吵的,夸过的,还没来得及夸的,这会儿都不再吵,也不再夸了。

孩子们有无限的时间和未来,3 年于他们也许不算什么,但于我,是越来越宝贝的一个又一个"3 年"时光——人生也许过半,青春的尾巴也快要抓不住,3 年,对我来说,越来越知道珍爱。

所以,我说,我珍惜,珍惜和你们的缘。

想你们刚入校时,清亮的童音,少儿的身影。如今,多数已变声,人

人都长得高高的,抽枝条一般,一闪眼,抽高了,长大了,个个有了青春的气息、青年的模样。

座位上的许多人,都被我批评过,也被我表扬过。3 年的缘分宛如一朵花儿,从结蒂,打苞,到绽放——而此刻,将要凋零。时光的缘如在我手上的一朵花,这节课结束,瓣瓣凋落,再也捡拾不起,芬芳在心上永留存——这一份三年与共的情。我知道,今后的人生路上,你们还会开花——更大、更艳、更美的花,更好地怒放——而这些,我不再看得到,但我知道,你们芳香着。想到这点我就会微笑了。

从此天涯,有的孩子我可能再也见不到,学业的忙碌,生活的烦琐,你们会跟我一样,想念我的老师们,却未必都回去看望,心上有,就行了。

有的人会成功,有的人会平凡,但是记住,要拥有一颗快乐安详的心;生活不会一帆风顺,但是记住,人生是长跑,莫为一时的失意停滞不前。

说完之后,我微笑地看孩子们,坐在教室里,迟迟不离开。有的过来还我的书来,有的拿了签名册来,还有的说,老师,我们会回来看您的……有一双双眼睛静静看我,闪一下,闪一下,清清亮,我也回看,悄悄地,看过去,看着她,他,他们……

我笑了,离开,刚到办公室,就有信息追过来——老师,我是谁谁谁,您存着我的手机号好吗……老师,我想跟您合影,几年之后,几十年之后,我还回来跟您合影……

我的眼睛湿了。

校园里举行告别仪式的时候,我没有去,让那一层楼一层楼里的学弟学妹们送他们吧,让校园里的楼梯板凳,还有他们打扫过多少遍的卫生区——送他们吧。

我是一个多情的人,我也是一个眼窝浅的人——此刻,我还是做一回无情的人吧。

眼睛湿了,又干,干了,又湿,我强坐在电脑前敲打,听着空气里音乐弥漫和浩荡的欢送声,思绪一浪一浪的,想起对他们中的谁骂得太狠了,想起对他们中的谁训斥得还嫌不够,想起……想起,他们——小小的人儿,长成青年,步入社会,他们中的这个或那个,从今往后的日子里岁月中,会经历难挨的磨难,会咬紧牙关忍受痛楚,想起他们以后会欢笑满怀,也会流泪满脸……我的心,甜一下,酸一下,乐一下,疼一下……

午饭还没做好,我的QQ上发来留言,老师,找不到您啊,看不到您,您怎么不来,我的心汪洋一片……有人说,哭惨了……有人说,真就毕业了吗……我担心他们影响考试,他们说,冷静下来,我们更有力量……

亲爱的孩子,请按时长大——如果我的牵念,让你迈不开脚步,那么,请你忘掉我,大步朝前走!

缘是一朵花儿,飞散的一刻,凝聚成情意的琥珀,恒久远,于岁月的河。亲爱的孩子,你是我今夏的琥珀!

树桂花静静开

美妮的妈妈很穷,穷得家里只有她和女儿美妮。

我们认识美妮的时候,她就没有爸爸。美妮说,她的爸爸是解放军,扛枪带兵不回家。一群小朋友里面,没有谁的爸爸是解放军,大家多么羡慕美妮呀,因为她的爸爸是解放军,在我们的小人儿书里,解放军都是

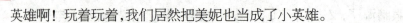

英雄啊！玩着玩着，我们居然把美妮也当成了小英雄。

后来，我上学了。美妮也上学了，我们都长大了。长大了，我们才知道，美妮家里是多么穷。她买不起本子，没有漂亮的花裙子，也没有好看的书和水彩笔。有一次我的弟弟给了她一块泡泡糖，她连嚼也没嚼就咽下去了，吓得弟弟赶紧往家跑："妈妈，妈妈，美妮要死了，她把泡泡糖咽肚子里了。"紧跟在后面跑来的美妮听到了，哇的一下大哭起来。

读小学了，再没有谁羡慕美妮，也没有谁再羡慕她有一个解放军爸爸——因为，谁也没有见过她的解放军爸爸，她的解放军爸爸从来没有回来过。读初中的时候，我终于从大人们口里知道，美妮从来就没有过解放军爸爸，她还没有满月的时候，她的爸爸妈妈就离婚了，她爸爸不要美妮和她妈妈，也从来没看望过她们。那一晚，我在日记里记下这个秘密，睡在床上，还独自为美妮掉下眼泪——想着她多么可怜，是一个没有爸爸的孩子，她自己却还不知道；又想着美妮的妈妈，一个多么可怜的人。美妮的妈妈本来就是临时工，后来又被单位裁掉了，只能去超市打扫卫生。她总是一副不讲究的样子，头发常常乱蓬蓬。夏天的时候，我们不愿意走近她，因为她的身上有一股垃圾的味道。

美妮却不一样，美妮说，她妈妈的身上有花的味道。我试探地问美妮："你真的闻到你妈妈身上有花香？"美妮笑着点点头："我妈妈是桂花树，看不见的花最香，儿不嫌母丑，我当然知道我妈香！"她自豪地一仰脖子，俨然小时候，她说她爸是解放军的神情！

有一天，我正午睡，迷迷糊糊地听到有人说话，原来是妈妈和美妮的妈妈在聊天。我听见美妮妈妈说："我有美妮，心里就幸福，美妮是我的宝贝，再穷我也不觉得苦……"她跟妈妈道再见，我起床问妈妈："妈，她是不是又来借钱呀？"妈妈说："是啊，顶不住了，说是美妮要参加演讲比赛，给她买一件衣服……"

学习一向都是第一的我，这次演讲比赛却栽了——栽在美妮名下，她第一,我第二。美妮演讲的时候连评委老师都感动了。她讲的是她和妈妈的故事,讲妈妈如何倾其所有地爱她,讲她的解放军爸爸是妈妈心里编出的花,种在童年里,陪伴她长大,其实,她已知道自己没有那样一位解放军爸爸,只有一个一心一意爱着她的好妈妈。"一树桂花静静开,我的妈妈就是一棵拼命生长的桂花树,万千层的密叶是她为我在操劳,浓荫里裹着一蕊一蕊金黄色的芬芳,那是我的穷妈妈对我的疼爱……"

美妮的演讲同样打动了我,我深深明白美妮是在用"心"演讲,而我们更多的参赛选手只是用嘴巴演讲。这场演讲潜伏在我内心深处,久久不忘。

如今的美妮,她幸福依然——她是她妈妈心上开着的金桂花呢!

心 是一朵洋葱

一朵花似的洋葱,我掂着切。洋葱的辣刺痛我的眼睛,我去擦眼泪。

儿子问:"妈,你怎么了?"

我说洋葱刺得我流泪。

儿子跑去厨房:"妈,洋葱也在流泪。"

我笑起来:"哪里会?"

"真的,不信你看。"

果然,洋葱的蒂和菜板上,都有一汪白白的汁水。

它刺得我流泪，它也流眼泪了——

1

早晨起来，我就和儿子争吵。因为我想让他多睡一会儿，没有六点半叫他起床。他生气，他在闹，嫌晚了；我吼他，我也烦，嫌他"事儿"。

我妈妈走的时候交代我：大清早的，不要再吵了，更不要打孩子。

儿子在阳台上透过窗户看到姥姥在和我耳语，叫道："姥姥，不许说我坏话。""孩儿，你不知好歹，姥姥是叫你妈别再训你！"姥姥笑道。

姥姥出门前对我们说："好了，我走了，你俩别吵了啊！再见。"

"姥姥再见。"儿子说着一扭脸，皱起鼻子要哭。他居然要打自己耳光，我明白了，他觉得不该对姥姥叫嚷，"大人不会跟小孩子计较，姥姥已经原谅你！"我说。

他还是哭了出来。

"别哭了，快吃饭！"我又冲他喊。

他撇着嘴，"洋葱刺完人，洋葱也得流泪，你凭啥不让我哭！"

我好笑，他还有理了。

2

儿子执迷不悟地打游戏。我愤怒地揍他，一巴掌下去，5个指印起来了。

儿子放声大哭。我怒喝一声："闭嘴！"他果然不再作声。

一扭脸，我的泪也流下来了。

儿子乖乖写作业去了，不再生是非。

晚上散步的时候，先生说："禁玩也不好，可以适当让他玩……"

临睡前,看着儿子睡熟的小脸,我检查他的日记——"妈妈打我了,像那个洋葱头,打哭我,她也哭了,我痛,她也痛。我以后听话不玩游戏了,可是我非常想玩怎么办呢?"

儿子写得语无伦次,我和先生看明白的是儿子的矛盾心理。

3

我跟儿子谈心:"妈妈打你,你生气吗?"

"不生气,妈妈是为了我好。"儿子搂住我的脖子,趴在我肩上,亲我的脸。

我良久无语。

儿子说:"妈,以后不要当洋葱了,我也不当洋葱。"

哦?我看着他,那是星星一般清亮的眼睛。

"妈,洋葱让人流泪,它也流泪,你是,我也是……"儿子的小嘴在说。

我明白了,伤害是相互的。小小的儿子想表达这个意思。

我在儿子脸上亲亲,对着他笑。

"妈妈,亲亲也是相互的。"儿子乐呵呵地撒娇。

是的,爱也是相互的。

4

邮箱里,朋友发来一个经典的小故事。

发脾气的小男孩,发一次脾气在木头上钉一颗钉子,一颗、两颗、三颗……小男孩后悔了,道歉一次,拔去一颗钉子,悔过一回,拔去一颗钉子……钉子被拔光了,可是,一个个小孔,消

弹不去。

妈妈对他说，这就是伤害的痕迹，它是抹不去的。

这个故事意味深长。美妙的音乐里，我和儿子一起听完这个故事。儿子有所感："妈，钉子也像洋葱头一样，让别人流泪，自己也流泪。小男孩发脾气，让人难受，他自己也难受……"

我对儿子说："洋葱流泪不能更改，它没有生命，没有心。人是有灵魂的，人应该学会管理自己，不伤别人的心，自己也不伤心。"

儿子似懂非懂地点着头。姥姥说，把洋葱放水里，它就有心了，不让人流泪，它也不流泪。

先生呵呵地笑。

洋葱不刺人了，问心无愧了，它的泪也就成为清清的水。

每个人的心，都是一朵如此的洋葱呢。

雨水真甜，我要发芽

教室里，乱哄哄的，学生在说话，怎么也止不住，老师无奈地点一个学生的名字，"请你出来，帮我做一件事情。"

女老师和这个学生来到走廊，趴在楼层的栏杆上。

夏日，校园的花坛里刚开满了朵朵月季花，很漂亮——"请你去帮我摘一朵花好吗？"老师对学生说。

男孩摇头，"老师那是偷花，我不能去。"

"去摘来吧，老师喜欢！"女老师不动声色，只是要求。甚至，还出主意，"去吧，要是有人说你，你就往这指，说老师让你摘的——"

"那也不行，老师，你还是让我干别的事吧。"男孩子央求道。

"别的事——就是学习。"老师说。"你到班里去学习，再给我找一个'接班人'来，你不能再说话。"男孩答应，又叫出来一个正在说笑的男孩。

第二个男孩依然不能答应为老师去摘花。

女老师把第二个学生也放回班里去，教室安静下来。

夏日的花坛里，那一朵朵月季花，让这个教室安静下来，没有人再说话，女老师也没有要到她想要的月季花。

放学的时候，女老师给同学们布置作文——以此为话题，自拟题目，写一篇作文。

第二天交上来的作文五花八门，各式各样。

月季花让教室安静下来——月季花是老师那颗美丽的心，她聪慧地让教室安静下来……

老师的威力的大，还是花的魅力大——老师的威力难抵月季花的魅力，是因为说话的学生也有一颗美丽的心，心的美丽令教室安静……

谁说我爱说话，只因为你不知道怎样让我停下来，今天老师用一朵花找到这把钥匙——它不是别的，它是诚信——对一朵花守诚信，对老师，对学习，对父母，对社会，我更要做 个诚信的人——所以我闭口，我面对学生，认真起来，如同面对一朵花的盛开，我希望自己不要辜负，美好的春天，美丽的花……

也有学生在琢磨老师。

如果老师都这样——今天的事情，让我体会到，开一把锁，可以有很

多把钥匙——原来,月季花也可以是一把钥匙,为什么其他的老师不能够这样呢,换换方式,学生会更听话,教室会更幸福……

如果月季不开花——我在想,如果月季没有开花,老师会怎么做呢?我想,老师还会想出别的巧妙的方法,老师育人,运用的是她自己的理念,理念之下,方法灵活多样,月季花不开,老师会不会让学生去为她摘天边那朵飞跑的流云呢?

雨水真甜,我要发芽——老师啊,您的教育是雨水,雨水真甜呀,我要发芽——因为我是一粒种子——春雨滴滴,润物无声……老师,您的种子发芽了……

夏日的教室里,鸟语花香,浓烈地绽放开来的还有学生们那一颗一颗芬芳烂漫的心……

百花深处的石头房

有句英文这样说:"Now sleeps the crimson petal, now the white."意即"绯红的花瓣和雪白的花瓣如今都睡着了"。我喜欢这句话,是因为这意象像极了爹爹为我们建造的石头房子的门廊——我永远都记得每到春天来临,门廊上无数的鲜妍花朵,在微风中安卧,仿佛我们兄妹睡熟的童年。

我的家乡在豫北农村，山清水秀却也贫穷落后。小时候，家里的房子是土坯墙，茅草的屋檐，下雨的时候，外面大下，屋内小下，娘叹一口气，爹爹的眉头锁得更紧了。

哥哥要上学，我也要上学，家里不可能有多的钱盖砖瓦房，可是，爹娘供我们上学的念头从来没有动摇过，他俩说，啥时候你们自己说不学了，读不动了，你们就回来跟爹和娘一起做农活，只要愿意读书，砸锅卖铁，也供你们！爹的话掷地有声，娘的目光坚定如炬。

我和哥哥不说话，暗下决心，把书读好，读出明堂。我和哥哥在暑假一起去打猪草的时候商量过，长大了，要让爹和娘住上王乡长家里那样的两层的洋楼。其实，现在想来，那是多么简陋的"楼"啊，跟现在的楼相比，那只是个房茬子，但那是当时方圆百里最好的房，最高最有气派。我甚至把给爹娘住的房子想象着画在课本的扉页上，不时看一眼，想一下，心头甜蜜蜜的，充满憧憬。

不知道从哪一天起，我和哥哥发现，爹爹总是往家里搬石头，石头越来越多，小院子里堆满满的，小山一样。一个冬日黄昏，我从乡里的小学校放学回家，走过家门前那道坡时，发现爹爹在抱着石头往上走，原来，这么寒冷的天，爹爹又下河里挖了一车石头，上坡的时候，怎么也拉不上去，就把小点的石头都抱下架子车，把大石头也先拉上坡，又返回来，再把一块一块小石头抱到上了坡的架子车上面，月亮已经亮晶晶挂在天上了，我和爹爹一起抱起最后两块小石头放车上，爹在前边拉，我在后边推，就这样回到月光如水的家院里，娘做好了晚饭，等着在县高中读书的哥哥回来开饭。

爹爹抽一支黄金叶的香烟，咝咝嘴巴，香甜的样子，他满足地看着满院落的大石头小石头，白石头红石头，歪着头看看这里，侧着身瞅瞅那里，"春上就可以开工了。"他自言自语，我纳闷地问，"爹，要开什么工啊？"爹爹笑了，抹抹胡楂，"到时候你就知道喽！"他很自足的样子。让我感受到他的故作神秘和溢满胸腔的幸福。

　　我跟哥哥咬着耳朵推测爹爹葫芦里卖的什么药，两个人还打起赌来，私下里去问娘，到底还是哥哥猜对了——爹爹开春要给家里盖房子，没有钱烧砖买瓦，他下河里挖了两年的石头，在默默地打算给我们和娘盖一座石头房子。我们知道了答案，想起爹爹酷暑寒冬在河里的身影，心情复杂，再不愿意多说话，哥哥说困了，我也说瞌睡了，可是我分明听见，哥哥跟我一样辗转反侧，想着爹和娘的不易，我们不知不觉睡着了。

　　我们期盼着春天，期盼着爹爹的石头房子在春天里开工，盖起来！

　　过了正月十五，我和哥哥就开学了，我们各自上课去，一周之后，两周之后，三周了，过了二月二，龙抬头了，村上好几家盖起砖瓦房的，可我们家的石头房还没有影儿，我不敢问，也不能问，怕爹爹有压力，也不知道出了什么问题，只看到爹爹的眉头拧得比麻花还紧，娘也在叹气。

　　终于，我从村里同学的口风里知道，爹爹在挨批斗，有村干部说，他上工不下劲，把力气都用在下工后，给自己家挖石头去了！说是还要把那些石头全充公！

　　我欲哭无泪，回到家，问是不是这样？哥哥知道了更是怒不可遏，要找那个村干部理论去，哥哥有一个同学叫朱福，朱福的姐夫是县里干部，他打抱不平，拎来两瓶子汽油，说是走趁天黑把那村干部家给点了，他好汉做事好汉当，不连累哥哥和我们家，就为治治那"恶人"。爹爹劝下朱福，呵斥哥哥，不许胡来！爹爹说，"我老了，他们愿意怎么处理都中；你们还年轻，要奔前程！"后来还是朱福把他姐夫的话捎回来，"石头那么大那么多，看村子里哪个老少爷们会去动手搬那些血汗的石头！不用担心，石头早晚都是你们家的！"果然，那个村干部不可能一个人去搬石头，村里也没人肯给他搬。

　　有一天，我们家的院落外边不知谁用红纸条写了一句"谁家的石头就是谁家的！！！"看着那三个感叹号，爹爹的眼里湿湿的，朱福请他的姐夫为爹爹的石头房奠基，于是爹爹的石头房子开工了。

石头房子收工的那一晚,爹爹和娘借了50元钱给村里放了一场电影。后来的每年春天,我都会看到,爹总是坐在房廊下,吸一根黄金叶的香烟,看看天,看看廊上廊下那五颜六色的花朵,此时的花朵,在风中安眠,一如百花深处,爹爹那颗沧桑的心——为儿为女,为你们的娘,我要筑一个窝,天底下最温暖的就是它了,它是爹要给你们的——家!

长大之后,哥哥在旧金山有了别墅,我也住进了复式房,但在我们心上,人生里最温暖的依然是爹娘给我们的那座石头房,走向天涯海角的脚丫,它是我们走不出的暖与爱。

石头房上爹娘那无重数朵"绯红的花瓣和雪白的花瓣如今都睡着了",而我和哥哥的记忆永远醒着——在那百花深处!

每个人都是一朵雪花

1

周末的清晨,我在厨房洗碗,抬眼看到楼上有一星飞屑飘下,以为是空中落物,再抬眼,哦,又一片,还有一片——好像是雪?哇,就是雪!下雪了! 我大声对着客厅叫。

"哪呢?""真的吗?"老帅和小帅都凑了来。"没有哇。""瞪大眼睛看哪!""就是下雪了。"先生慢悠悠地下结论。"哇,真的是!"儿

子高兴地跳起来，"我要堆雪人！"

于是，儿子自觉地去写作业，"我要快点写完，我要快点玩雪去！"

2

我去小区的菜园子里转悠，看着雪花飞成片，舞成花朵，心上翩翩起舞少年的记忆。

童年，在乡下，在田间，那是真正的雪天，满天飞舞的是雪，奔来呼去的是小朋友们的脚步，喊雪的，跳雪的，欢天喜地，在大雪纷飞里，是农家孩子的一份无与伦比的快乐，天赐的欢娱，比城市孩子玩的布娃娃更爽快，更率性。我至今怀念那份雪中飞跑的欢畅与淋漓，那齐声地叫引吭高喊，直入云霄，通透的嗓音，我当时以为嫦娥和吴刚也听得到，我甚至想象过，那棵桂花树也在月亮里冲我们招手，它也想下到凡间来，跟我们一起玩。我说给外婆听，外婆笑了，她说，你是听七仙女下凡的故事听迷了，以为什么都要下到凡间来！

于是，堆雪人的时候，舅妈就照着我的想象，堆出一棵桂花树来。多少年过去，我会想起来它的模样，感觉到有淡淡的花香，伴着经年后的雪花飞。

3

大学的校园里，有一个梅园，里面满满的梅树，雪天的时候，同学们三三两两，或成群结队地，去听雪闻香，喳喳的笑语是女生的心声，嘭嘭的脚步是男生的快乐，青春的雪，是那样洁白无瑕，有摄影师捧了相机立在那，为女生拍下一份"纯"，男生留下一张"梅花欢喜漫天雪"，也为合影的男生女生的"雪中情"立此存照，离开青春的站台，我翻看那些"老照片"，总能看到上面深深的雪痕，还有青春眸中雪的洁白与纯净。

　　总也记得，正是睡懒觉的周日早上，有人推开窗户，霹雳一般地喊，"哇！"恼得梦中人一个个怒火中烧，紧接着三个字，"下雪了！"所有的恼怒烟消云散不说，一屋子的懒虫全都在被窝里雀跃起来，纷纷跳起来穿衣吃饭出门去。

　　这样的细节，我在英迪拉·甘地的传记里发现，它是同样的美妙，所谓青春的可爱与曼妙，都是一样的，亦是雪的神奇与可爱，一如满宿舍楼睡懒觉的姑娘们。

4

　　下雪了，我读的那些雪花诗句，给学生讲析过的雪的故事，雪的境界，如冰山，如海潮，也如雪花，飞来飘去，露一点点峥嵘，那些雪的岁月啊，稠呢，密哦，蜜一般，亦秘籍似的，待后来人去阅去读、去感悟、去领略——各人独领略各人的一份去吧。

　　有称雪如盐的，有称雪如梨花的，有称雪花大如席的，有飞入芦花都不见的，有夜深人入定偏要湖心亭看雪去的，小船只一痕，舟子唯两三点，水墨画一般，而毳衣炉火的那点暖，那么纯青，执着照耀，闪烁着一点红，亮在岁月里，还有那蓑衣下的一钓，钓了千年万年长，钓得雪的神韵风采，流淌在后人眼里心上，更有钓者的身影，不雕不琢，塑像一般，屹立在有雪无雪的天地之间……

5

　　掌心的雪，化无痕，却有掌心化雪的意与神，流淌不尽。

　　我想起，道可道的天地，不可道，如雪；名可名的人们，不可名，如掌。

多少岁月蹉跎，多少世态炎凉，自有一份雪化的铁律，在掌，在心，在浩然的空气里。

空气从来不空，天空从来是满满的空白与虚无。如雪吗，有雪的白，雪的有形与无形，成花飞舞，蹈满天空；遁形洁白，装载天空，满的天空，原是雪无形。不着痕迹里，空也不空；无声无息里，天地腾挪干净。洁白的故乡，是雪花吧，雪花其实沾染了尘，藏污化秽，雪之能量大到无穷，无穷的东西，都是空气一般空无，如雪。

雪，下着下着，就没了；没了的时候，它就开花了。雪开满天飞，雪开满天白，漫天的洁白，纯净了人心与世界。

6

孩子写好作业，拎起他的轮滑，他要到外面跟着雪花去飞舞。

他在雪里，仰脸，张口，舔一舔，我想起他上幼儿园的时候，指着满天的雪花给我说，"妈，下糖了！"此时，我听见他说的是，"妈妈，雪花是没有味道的，没有味道就是好味道啊！"他顽皮地笑，我制止，"雪里有灰尘，不能吃的。"小小的少年，踩着他的轮滑，飞一般飞着，"妈妈，我跟雪花一样，也有过滤功能哦！"

我笑了，想一想，真的呢，人如雪，雪如花，雪花飞飞，每一个人都是一朵洁白的雪花，行走在天地间，天地广袤，人生微渺，一年一年，一代一代，人类读雪，雪又何尝不在读人呢？

赏雪，在天地间行走的人，是雪的魂；读雪，每一个人都是书写在天地间的一朵雪花。

7

"一片一片又一片，两片三片四五片，六片七片八九片，飞入芦花都不见。"这是清乾隆帝与纪晓岚合作的咏雪诗,小城的文友一起赏雪,文学院的安老师念着念着却迷惘,他问大家,"是咏雪的吗,怎么像是在说人呢?"他接着发散他的思考,"何是雪花,哪是芦花?"

"人是一株会思考的芦苇。"这一句帕斯卡尔的名言,安老师提起来,让大家剖析,"我们是芦花呢,还是雪花?"他陷入深思。

大家跟着他凝神,多思快语的诗人艳却说,她这时想起了上帝的微笑:"人类一思考,上帝就发笑。"这是一句犹太谚语。

静观天地间,雪在下。

青 青一束艾叶

"端午节,这是一个少了爱就不够味的节日,您缺少爱吗?请到数学组寻找爱吧,那里有多情的男人们镰割的、剪裁的适合您的爱,早来早得,多来多得。漫山遍野的爱等您来,等您来……"

这是晚饭后在操场上散步的同事们收到的 条信息,来自单位的校信通。

有人走着看着就笑了,有人笑着走着就开始谈话了,有人已经向位于一楼的数学组奔去了。

办公桌上,地板上,一地的,满桌的,那香香翠绿的枝枝叶叶旁边站着汗涔涔的男人们，他们用过的绳子、大剪刀散落一旁。

所谓授人艾叶，手有余香，这香往往香一年，到来年。

那安老师，是个实诚人，一捆捆，压得紧，散开就是一大盆；那志先生，是个沉默寡言的，除了讲课，对着同事一年也不说一句话，见面也就是用眼神交汇一下点个头，只这个时候，他无言地表达着情怀，显然还是脉脉然。你拿着一把叶子走了，他依然是一双大眼睛微笑着送你；那洲先生倒是个会说笑的，他让你多拿点，再多拿点，他还会走一路散一路，家家门口，他只要路过，保管把一把艾枝插门上，放门口。他胖乎乎地晃来晃去，吆喝着，到这里寻找爱（艾）吧！那个冬冬，年纪最小的小兄弟，一身新衣，干净清爽的，这时一块灰一块白的，快成了斑马。"冬冬，可惜了你的干净衣裳。""不可惜，该洗了。"他摘下眼镜，擦脸上的汗水。我的心痛啊，这可爱的傻兄弟，这一会儿回家还没有洗衣裳的人哩。老实巴交的冬冬，刚刚经历一场情恸，相依为命的老母亲不久前故去了，疼儿的娘没了，疼兄弟的媳妇还没来，憨厚的小兄弟为大家服务从来不知惜力。他还是个极有情趣的，看过学校教职工联欢晚会的人，都晓得他的表演天才，那刚发来的信息不用说，是出自他的肺腑。

青青一束艾叶，小美女拿了洗脚丫蚊虫不叮，小帅哥拿了薰衣衫早结情缘，秦婶戴姨们拿了烟雾弥漫缭得家和万事兴，大爷拿了插叶别枝事业兴隆顺风顺水！美，那个美耶！哪里是青青一把艾叶，分明是亲亲一把爱，暖暖一束情意。想起谁的初恋里收到过的一首打油诗，"礼物似小针，情意比海深，请你收下吧，这是我的心。"艾叶一束，分明是多情的男人们，给同事们的一颗心！

初夏，最先进入视线的总是那一束束青青的艾叶，它们依偎着，紧紧地靠在一起。香气或许很快就会散去，但情意总能从这个端午延续到下一个端午。于是，艾叶有了生命。

墙壁上的金鱼

1

两尾鱼在墙壁上欢畅地游。

中午时分,来往的行人,都驻足,纷纷仰头,看那两尾金鱼。

两尾漂亮的金鱼,在小学校门口,墙壁上,游来游去。

2

行人,纷纷驻足,仰视着,两尾美丽的金鱼。多么快乐的鱼儿啊,刚冲出教室的少年李小灿,望着它们,张开了嘴巴,露出两颗小虎牙,笑着,想着,想起了小的时候——那时候自己上幼儿园大班,家里就养着这样漂亮可爱的红色金鱼——不过,是三条,两条大的,一条小的。妈妈说,小的是小灿,爸爸说,细尾巴的是妈妈,妈妈总是苗条的,很漂亮,妈妈说,脑袋最大的粗尾巴的是爸爸,爸爸是高大健壮的模样。

那时候的家真漂亮啊,跟红色的金鱼似的,喜洋洋的,和金鱼一样漂亮。小灿不知道漂亮这个词有多少含义,反正,他就是觉得,那时候的家是漂亮的，爸爸妈妈也是漂亮的，自己也是漂亮的，真的啊，那时候的家看哪，哪美！就连家门口的垃圾箱都是漂亮的，家里飘着漂亮的味道。昨天，小灿这样用漂亮造了一个句子，语文老师还说用词不当，可是小灿就是这样的感受啊，远远地望着家门，都会看到漂亮的气息飘出来。

3

可是，现在，全不一样了。

自从那一缸鱼打碎之后，那三条漂亮的红色金鱼死了，家里的喜洋洋也碎在地上，成了一摊水，瞬时就蒸发了，一同蒸发走的，还有家里漂亮的味道。

从此，家变味了，张大鼻孔也嗅不出以前那漂亮的味道了。远远地看家，飘出的是小灿伤心的叹息。

爸爸妈妈各拿了一个绿本子，分开住了。

三条鱼死了，爸爸妈妈小灿，三个人，也不在一张床上睡觉了。

小灿不知道，这是为了什么。小灿只是伤心。幼儿园老师说得伤心，就是很难受。比如，你最喜欢的东西，没有了，你流眼泪了，这就是伤心。小灿想，他就是伤心了。因为，他喜欢金鱼，金鱼没有了，他喜欢爸爸妈妈和自己睡在一张大床上，也没有了，他喜欢家里看哪都是漂亮，漂亮也没有了，连门口那个漂亮的垃圾箱，都拆走了。记得那时候，妈妈总哼着歌往里丢垃圾的，这些，也都没有了……没有了，流泪了，就是伤心了。小灿的老师说，小灿理解得真对。老师表扬着小灿，不知为什么，揉着她自己的眼睛，小灿看到，老师的眼睛都红红的了。小灿忙说，老师，你不是说不能总揉眼睛吗，为啥你还揉呀？老师说，是啊是了。居然，嗓子也哑起来。

想到这里，小灿忍不住，唉了一声，他也记得，第一次和爸爸一起，两个人睡一张大床的时候,爸爸也是这样唉唉唉的,直到他睡着了,又醒来,爸爸还是唉了一声。从此,他也学会了"唉"。妈妈总说自己聪明,学东西快。原来,"唉"自己也学得这么快,妈妈要是知道了,会不会还夸奖自己学啥都快呢。

4

明天是自己的生日呢!妈妈打电话问小灿想要什么生日礼物。小灿说,要妈妈还回来,和小灿和爸爸还住一张大床上。妈妈说,小灿大了,不能三个人总住一张床上了。还说,这个不算,小灿要什么礼物?小灿说,要三条鱼,三条鱼住在一口缸里。

如今,看到院墙的塑料袋里,游来游去,两条漂亮的红色金鱼,小灿忍不住地露出两颗小虎牙来。

咯咯呵,小灿笑得可爱极了,他想起妈妈说过的话,要让牙齿天天晒太阳——就是天天开心,天天笑嘻嘻的意思,妈妈解释说。

如今,妈妈在哪里呢?为什么不再给自己讲那露出大白牙的道理了呢?妈妈拿着她的绿本本,到哪里去了呢?

小灿望着墙上挂着的塑料袋里漂亮的金鱼,自信地想,明天妈妈就要回来给自己过生日了。到时候,一定求妈妈拿着她的绿本本回来,跟小灿跟爸爸一起对着金鱼唱歌,一起在一张大床上笑着翻跟头,让家里漂亮得跟以前一样。

小灿想到这里,快乐地冲墙上的金鱼挥手说,"拜拜!"他好像已经看到妈妈捧着他要的生日礼物——一缸游着三条鱼的"幸福牌"鱼缸,向自己和爸爸走来。

小灿兴奋的转身,居然激动得来了一个趔趄。

5

"李小灿，叫一下李小灿。"小灿听到班主任林老师的声音。

走出两步远的小灿，在同学们的叫喊声中，转回老师身边。"李小灿，墙壁上挂的金鱼，是你妈妈送来的，她让我交给你，我没处放，只好挂在墙上了，你快取下来，拿走吧，看它们游得多欢啊！"

小灿的脑袋瓜子一下子有点转不过来。

"不是，我妈妈说，明天给我一缸鱼，要三条的，这就两条……"小灿说，"不是的，不是给我的！"

林老师说："是的，李小灿，是你妈妈在第三节课的时候送来的，她说你明天生日，她来不了……送你两条鱼，希望你快乐！"

林老师再说了什么，小灿已经听不到了。他只觉得天和地，都是麻麻的木木的。

林老师把盛满水的塑料袋摘下来，递到小灿手上，小灿的手居然像小鸡爪子一样，抖啊抖的，不小心，袋子和水都洒落在地上。

看了半天，小灿才看到两条红色的金鱼，很漂亮，挣扎着，在地上。

6

地面上挣扎着的两条红色金鱼，真漂亮啊，怎么那么好看。好看，漂亮！

小灿看得晕晕乎乎的，他感觉眼睛疼，揉着眼睛，往家走去……

小灿的爸爸中午在工地，不回家，小灿爱怎么揉眼睛，就怎么揉眼睛。少年李小灿的眼睛，揉的，像是那两条红色的金鱼，一样红……

你 为我披上梦的衣裳

颠簸的人生红尘中，我总难忘我的启蒙老师邢德超和张秋月，他们是我小学一年级入班时的老师。他们治好了我的"风湿心"，为我披上一件梦的衣裳。

我入小学，很有些特别。当时小弟弟在老家住院，父母全去守他，只把我一人留在生活的小城，而我也是跟着姥姥在乡村长到入学的年纪，才被接回。与城里小孩比，我有一颗严重的"风湿心"——自卑得很，我从不敢抬头看人。

我知道那一年我要上学，可是别家孩子都报名去了，我还在家门前闲逛，我不知道我怎么去上学。

正逛着的时候，爸爸单位的小庄叔叔来了，喊着我说："快走，你爸让我送你上学去！"于是，小庄叔叔牵着我的手把我送进学校。所以至今爸妈也搞不清，我的第一次学费是小庄叔叔缴的还是在学校工作的李伯伯缴的。

缴费后，小庄叔叔牵着我的手，把我送进学校的一年级三班，当时一位年轻秀丽的女教师正在训练教室里的孩子们练习"上课——起立——下课——起立"，以及喊"好好学习，天天向上""团结紧张严肃活泼"的口号。

女教师就是张秋月老师，显然她和小庄叔叔、爸爸都认识，她问："这是谁的孩子？"她还说，她今天是临时替邢老师带班的。我被安排在座位上和大家一起练习"起立——坐下"。

当年邢老师教我们语文课，张老师教我们数学课。

邢老师做我们的班主任，面对喳喳喳的一群无知小儿，他这个大男人偶尔发些脾气，我心里有些怕他。但我没有想到正是让我怕的他，给了我人生第一回自信和自豪。

记得有一次，面对小鸟一样乱叫的同学们，他在黑板上写满了长长几行的拼音字母，他叫起来的一些同学好像都没能全念下来，当时我坐在后排，看见他做出得意的神态，歪着头眯着眼睛站在讲台上对同学们说："我再叫一个同学，肯定能全念对！"我和大家一样迷迷瞪瞪地看着他，只见他晃晃头，叫出了我的名字。我没有退路地从座位上站起来，不知道自己能不能全念下来，机械地跟着他的教鞭，他指一个，我念一个，居然全部正确地念下来了。他高兴地示意我坐下，然后对全班同学说："看看，怎么样？"他开始借题发挥。他的这次赏识和信任我至今难忘，是他在我雾一般迷蒙的心灵上划开一道智慧的灵光，我开始喜欢上学，虽然我没有书包，天天在爸爸单位的食堂吃完饭就拿着两本书去学校，但幼小的心总是兴高采烈，后来爸妈回来给我备齐学习用具，但他们却不知道我为什么喜欢去上学，也不知道我为什么可以昂起脸安静地看别人。

邢老师仅教我们一年就离开学校了，但我永远都记得他——我是丑小鸭，他给予我白天鹅的自豪感。后来，张老师担任班主任并改教我们语文课。

张老师和邢老师一样信任我、爱护我，把我那颗农村孩子的"风湿心"焐热，她把我得满分的试卷保存起来，在我小学毕业的时候被她的小堂妹翻出来拿给我看，年少的我只有一些木讷的惊奇，如今的我总是泪湿地想起，想起就会多一分感动。

我最感激张老师,她看透我的自卑,她维护了我少年时稚嫩纤柔的第一份人生尊严,从此让我学会一生充满尊严。

　　当时,学校在开运动会,没有项目的同学都围坐在张老师周围。不知因何而起,大家开始议论自己的爸爸妈妈,有的自豪地夸耀。不等旁人问起,我自动"招供"并且表态:"我爸什么也不行,只会开车。"我用不屑的口气掩护自尊,没想到坐在一旁的张老师听见了,用从没对待过我的厉声厉色大声制止我:"不许这样说你爸爸!你爸技术高,没谁能比。"同时她还狠狠瞪我一眼。她的严厉令我吃惊,却让我感激不尽,这感激弥漫在我长长的人生里。我爱我的爸爸!张老师的呵斥为爸爸,也为我对爸爸的爱树起严正的尊重。我感激她。她给我自卑的年少以平等的光芒,让我年少的薄衫感觉到阳光的暖,昂起脸庞,我接触到了太阳。

　　如今数年过去,我早已和两位老师没了联系,可在红尘颠簸时,我总难忘他们给予我的爱和光明,感激他们为少年时我自卑的心披裹上如火毳衣;我也常常惦念颠簸在红尘中的他们,祈望他们的生活多一分安适。如今,同样为人师的我,也记得像他们一样,给年少的心,加一件暖衣;给少年的梦,添一片霓裳。

成长是破茧的痛

怀着一颗童心

爸爸是一个快乐的人，妈妈说他有一颗童心。

在那物资匮乏的年代，爸爸是一个连啤酒都不舍得喝的人，但是爸爸会给我们购买音乐会的门票。那时还没有人称这是精神贵族，看门的陈爷爷摸着小弟的脑袋说，瞧你爹烧包的，又半个月的菜钱没了吧？陈爷爷还会说爸爸是"光着屁股打花鼓，欢乐一会儿是一会儿"。爸爸笑着，不说话。这个时候，于我们是最欢乐的时光，我们看到可以跟人"吹嘘"的音乐会，那些悠扬的声音让我们忧伤时欢乐，烦恼时安详。从那个时候起，我开始喜欢"不一样的东西"，喜欢听高山流水、二泉映月，也喜欢听致爱丽丝、秋日私语、土耳其进行曲……妈妈说爸爸有童心。少年爱拽文的我，在作文里写爸爸有一颗"高雅"的心，爸爸看了，笑得跟听着音乐跷着二郎腿喝他喜欢的浓茶那么惬意。

那时候元宵节看花灯，是项壮观的民俗活动，也是难得的群众娱乐，因为文化生活欠丰富，每到观灯便是摩肩接踵，拥挤得水泄不通，爸爸每次都会号召妈妈带我们姐弟去观赏。我最难忘的是那黑压压的人头丛中，爸爸会高举着棉花糖或者冰糖葫芦冲我们挥手，那份快乐和幸福，太奢侈啦。每当此时，我们几个雀跃如小鸟，依向爸爸这只老鸟，老鸟挥着大手长臂护着我们,甜蜜的哪里只是棉花糖和冰糖葫芦啊!最好玩的谁也想不到——爸爸还会在元宵节灯展的某个子夜时分,把我们叫醒,带着几个高高矮矮的孩子,到闹市观灯。此时的灯市,依然灯火通明,却寂静无人,与两三个钟头前的熙熙攘攘完全不同,那灯的辉煌也是静谧的,每一盏灯都安详着,没有声息,随你观,任你赏,再没有人挡了你的眼,遮蔽你的视线,那畅快,那舒心,要多么敞亮有多么敞亮。于是,我的观灯作文也自是与众不同,同学们开玩笑地说,没人敢于"苟同",因为他们的爸爸妈妈没有这么"疯狂",我快乐地跟人说,我爸哪里疯狂,是我爸怀揣了童心,陪伴着我的童年。

那时候的水果也是稀少的,爸爸每次出差回来会给我们带稀奇古怪的水果和零食。记得我第一次带柚子分给同学吃,我们班最美丽的丽丽同学拿着柚子瓣问我:"这咋吃啊?"我赶紧剥皮放她嘴里。四川怪味豆,麻辣还甜丝丝带着香,伙伴们喜欢得很,瓜分的快乐至今在眼前。在我读高中的时候,学业压力那是相当大了,爸爸会在早起散步的时候,摘取一朵又白又香的玉兰花或是栀子花给我,清香扑进鼻子,也洗去一脑倦怠,那细腻的嫩白,那纯净幽馥的香味,此时还在我的鼻尖弥漫——爸爸的童心是这种芬芳。

爸爸的童心还像老小孩、老顽童一般可爱。有一次他在学校门口停车,只为送一只青青的小山桃给我,他笑眯眯地拍窗户,叫出我,悄悄变戏法,变出一只小果果在我手上,然后慈祥地笑着背起手扬长而去。帅呆了,老爸!同学问什么帅呆了,我答,我老爸的童心帅呆了!

亲爱的爸爸,可爱的童心,甜蜜的记忆、幸福的回忆,皆因了爸爸那颗童心。

怀着一颗童心,是爸爸吹在我人生路上的习习春风。

把这春风吹开,洒进每一颗童心,吹绿更多的心岸。

掬一捧月亮的微笑

小城的冬，多风也多灰，新年却不一样，阳光那样灿烂，天气是没有想象到的平和与安详。

生活中，总有种种的美好让我陶醉；生命中，总有一些纯粹让我流眼泪。

旧年的最后一天，"十八大知识抢答比赛"中，有一个选手的陈述，令我心动。她说："今天是今年的最后一天，也是我41岁的生日，2012年到2013年——在这'接2连3'的时刻，我回首，我瞻望……"她的发言精彩，我只顾顺着她的演讲跑了神——旧年的快乐与不快乐，纠结与感动，纯洁与肮脏，骨头香与骨头臭，无奈与酣畅，有聊与无聊，幸福与辛酸，黑的与白的，更多的是灰的；蓝的与绿的，更多的是紫的……心如盲杖，在触摸对人的称谓，盲的心中，我对自己也失去了称谓，我对人说，你不要看我写的那些口水文，其时，口水和文，都板结了。

哥哥说，你认真一些，也不要太……我对他说，半年都没有写一个字了。弟弟对我充满嘲笑，他举着刊有我文章的杂志，耀武扬威一般走进厕所，出来之后，抛在茶几的底下，那里布满了平日疏于打扫的灰尘，很厚的灰与尘。此刻，我对我的爱好和娱乐方式，失去了兴趣。可是编辑在催稿子，我陷入两难之中……感觉耽于这样的时间很久。母亲教我放弃，一下撇开，一下撇清，风清月朗。妈妈陪我一起仰望她76岁的天空，天空里白云朵朵,可耕,我跟妈妈一起耕种那些云彩;天空里星河灿烂,可钓,我跟妈妈一起垂钓那满天点点繁星。低头静观的时候,我看到枕畔、窗台、案几、眉梢、心头,清湛湛,可濯、可饮,掬一捧清水,天上的月亮在我掌心微笑。

新年的太阳,圆圆的,红红的,不骄不躁,阳光安静地照耀着大街小巷,小城如此美好。

还有哪里的阳光貌美如斯呢?

也许很多呢,去离我不远的社旗参加"文鼎中原"的文化活动,那里的文化阳光温煦如春,那里的人也很有"文化",他们能脱稿演讲一百多分钟,他们进行景观介绍,解说词比起导游精彩详尽,那里的百姓不羡官不慕富,唯仰视"文化","阴来阴去下大雨,这里还要出人物",文坛前辈们如此断言。我没有想到的还有,社旗的古街也这么古老有渊源,且保存完好……想我跑那么老远,看乌镇、看凤凰古城、看北海古街……这里也有古街,韵味独到,有赵河清流蕴佳酿,啜一滴老酒原浆温热如一缕太阳光,流进胸腔,襟怀里有了太阳的照耀一般,烘热起来。

幼时来过社旗,记得它的雨水和人们的清贫与歌唱,此时,记得它新年的阳光如此秀丽端庄,孟老说他还要再来,寻范蠡,我离得这样近,附和孟老说,我也还来。近水楼台,要来映照它的文化月光,孟老笑呵呵地,掬一捧酿酒的清水,"给你一捧佳酿清水,里面有文化的明月。"我笑着,用它沾湿我的一双手,润了十指,连着心。

此时的新年阳光里,我路过我在的小城的街头,牵着的小儿的手抽离出来,"妈妈,我要一元钱。"我疑问的目光望向孩子,他指指,不远的地方流浪的人在唱歌,歌唱新年,和他心上的阳光。我拈给孩子一张纸币,"叔叔,新年好!"孩子把纸币放进歌者面前的红盒子,这是一个眼睛不好的盲人歌手,我想起多年前的美学课上老师讲过的,"春天来了,我却看不见。"他的红盒子上自然没有这样几个字,可路人们都

明白，新年美好的阳光他是看不到的，很多人希望他感受得到，我也是。放了一张纸币，在他纸币攒动的红盒子里，轻声跟他说："你的歌声真好听！""谢谢！"我听见，他阳光一般的声音，在新年的空气里流淌，歌与阳光同时含在他的口里。

行走在建设路，小儿要进书店，"书是新年的万丈阳光"，顺着广告语，前往饕餮的人很多，我们身随其中。一堆书拎出来，自然有一两本"莫言"，过去的一年里，他带给了中国人一缕阳光，以后也是，他的作品以及如他一样的文学家们，制造着人类心灵的阳光。拎一包"万丈阳光"去找加班的先生，他走下办公楼接我们，"不错，买书是新年里最好的购买活动。"他表扬他的老婆孩子。为了奖励我们这一优秀行为，他决定请我们吃新年套餐，套餐名目种类很多，我们选了一套"新年阳光"大快朵颐。

晚上，就着月光翻开书，是一种清水洗尘的感觉，是一种阳光暖暖照耀的感觉，掬一捧文化清水，人类亘古的那轮圆月，已然在手掌心微笑，萦绕回旋的是那光明。

成长是破茧的痛

雪花飘哦，细雨霏霏，春花秋月，一季季，一年年，一代一代的人长大了。

小娃娃跌倒了，老人不去扶，摔几个跟头，才会长大。果然，跌跤的娃娃,会走了,会跑了,跌倒的痛在空气里,空气里有过哭泣和泪水,也有成长的快乐和欢欣。

写错的字,要自己一笔一画亲自去纠正,才学得会,才记得牢。错过的题目,修正过,一般不再错。没有人能帮助你长大,成长只能靠自己。

春天,我和孩子们一起养几只小蚕。小小的虫,从黑到白到青到黄,一点点,长成肉虫,从小到大,从瘦瘦到胖胖,而后,吐丝,结茧,成蛹。成长的哪一个步骤,他人能够代替呢? 没有可能! 哪一步骤,都是一点一滴自己走过来。

一天,一只茧上裂开了一个小口,我们看着它,小小的蝶在艰难地将身体从那个小口中一点点向外挣扎,它想出来,它要出来,几个小时过去了,蝶儿似乎不再有任何进展了,看上去它已经竭尽全力,似乎不能再前进一步了……看得一旁的孩子们很心疼,他们决计帮助一下这只蝶:一个孩子拿来一把小小的剪刀,轻轻地将茧剪一下,我阻止着,已来不及,锋利的小剪已挑开个大些的洞,蝶儿毫不费力,一下子就挣脱出来。但是它的身体很萎缩……孩子们很高兴,期待着蝶儿的翅膀会美丽地伸展,腾飞。然而,这一刻始终没有出现!

我伤心地提醒孩子们,蝶从茧上的小口挣扎而出,这是上天的安排,要通过这一挤压过程将体液从身体挤压到翅膀,这样它才能在脱茧而出后展翅飞翔。而这只蝶,因为你们的帮助,再也不可能飞翔了。

孩子们很懊悔,自责没有听大人的话。

孩子啊,孩子,如同你们的懊悔,没有人能够替代,不经历懊悔,你们恐怕不会相信妈妈的话是真的;而体验了懊悔,这只小小的蝶付出的代价是,它的飞翔,再也来不及。这只蝶只能萎缩,只因你们代替了它的挣扎与努力,没有挣扎,没有成长;没有涅槃,没有美丽的翅膀;失去了痛苦的机会,也丢了飞翔的妙趣。

从此,孩子们不再叫嚣心上的痛,经历的疼,他们的对与错,人生的习

题，一道道，自己练习，自己改正，自己行为自己担当，行走的脚印自己捡拾。如同胡萝卜，自己一口一口吃，才能补充上维生素 C；口语一句句操练，才能考级过关；成长的字母，一字字拼出，才能拼搏出美好与幸福。

成长，依靠自己，别人是帮不上忙的。生命如陀螺，周而复始地旋转，直到没了最末一缕光与热；时间的漏斗里，百年前无你，百年后亦无你，所以哦，亲爱的，努力你的成长，快乐你的奋斗，破茧成蝶的痛，一定好好享用，痛也是一种生的美丽，况且，这样的美丽，一生几回。如同惜取少年时，如同惜爱金缕衣，请珍视你的破茧而出的痛与美。

桃花来了，鳜鱼肥了，痛过之后，蝶儿展开翅膀，又是一年春风。

善良是一朵美丽的花

我骑着电动车从那条熟悉的小巷经过，正在吃午饭的修车老人，赶紧放下热腾腾的饭菜，我忍不住停下电动车——我突然想起，我的车应该充气了。

下午妹妹用我的电动车，她奇怪道："你怎么把车胎打那么饱的气？"我笑笑："因为老人放下正吃着的饭碗，迎着我的车站起来，我不忍心让他'失望'哦！"

妹妹笑我："你是杞人忧天，还是太过'多情'？"

我说："我也不知道。"妹妹嗔我："难道你也想成为文尼西斯不成？"她在说我们一起看过的那个电影《中央车站》，那里面有一个小男孩儿，他也是一个"多情"的小男孩。

导演沃尔特要为电影《中央车站》选一位男孩当主角，一天在车站，他看到一个擦皮鞋的小男孩，他告诉他，明天来找他，有饭吃，还可以挣钱。第二天，导演惊呆了，男孩带来了所有在车站擦鞋的孩子！他当即决定让这个孩子来演。后来电影获得了40多项大奖，这个男孩成为巴西家喻户晓的明星，他就是文尼西斯。文尼西斯以自己的"多情"，为伙伴们带来了收益，也为自己打开了成功的大门。

这个"多情"的孩子，他的"多情"是一朵善良的花朵，让我念念不忘。

不由想起我经历过的"多情"：在杭州乘坐公交，问了路线，拖着行李走，指路的阿姨又撵了上来，"你还是坐×路车吧，那样你就不用过马路了，我刚才给你说的那路车跟×路车一样的车程，但是需要穿越马路，对你不够方便，我才看到你带个箱子呢！"

妹妹也曾经讲她经历的"多情"，她把孩子的水杯忘记在游乐园，半年之后，又去游玩，老板娘居然定了眼睛问她："你有什么东西落我们这里了，还记得吗？"妹妹疑惑地说："好像是个水杯吧，好久了！"老板娘乐了："还'好像'，根本'就是'！"说着，她变戏法一样："喏，是这个吧！"妹妹和孩子乐得："谢谢，谢谢，谢谢！"好长时间，妹妹把这一堆"谢"字挂在QQ签名上，以显示世风人心多的是善意美好。

邻居大婶总是在下雨天凉的时候，一麻袋一麻袋地购买西瓜，为的是让售瓜的人少受风吹雨淋；冬日的夜晚，寒冷的街头，单位里一群聚餐的人，围着烤红薯的老人，把他的热的冷的红薯，一块一块全买下，"您早点收摊子回家吧，这么大冷的天！"家属院里大妈大爷们，总是把"破烂"卖给一个独臂的小伙子，"年纪轻轻的，多不容易！"老大妈们老大爷们深深同情那善良的小伙子，他收"破烂"价格偏高，斤两实诚，打

包之后，总是要把门前窗后，清扫得一尘不染。谁不是"多情"的人呢？时常大家彼此互为"多情"的人！

门卫的师傅们总是为我收放稿费单和样刊样报，不厌其烦，却并不能因为这额外的工作量而有什么收益，我的笔名我的真名，他们都要一一记着，还会一任一任地往下传，新来的师傅把"三根毛"的稿费单交给我，我吃惊："您怎么知道是我呢，我还没告诉您啊！"他慈祥地笑着说："交接工作的时候，樊师傅说过了的。"我的感动感激换成"不二家"的棒棒糖递上去，师傅们笑了。第二天，家住郊区的他们带了家里种的花草给我："看看，这个喜欢不？"我欢喜的样子，让他们颇为得意："看，我们就知道你喜欢这个，写文章的都待见这些花草！"

春来一捧迎春花，夏来一朵月季红，秋来一瓣清清菊，冬来一枝蜡梅香，我快乐着门卫师傅绽放在门卫桌案的善意之花，也愿意更多的美好与善良，一朵一朵，行走在街头，行走在心头……

你的善良，也是一朵花，为陌生人绽放，为熟识的人吐蕊，花香飘满人生。

给心灵安上快乐的镜片

那一年，我学业受挫，很渴望却没能考上研究生，寒冬腊月心上也结满冰霜，沮丧的我把自己"雪藏"在家里唉声叹气，倒霉的时候，喝凉水也塞牙，唉声叹气地一低头，眼镜掉地上打碎了。

如同我一颗破碎的心灵——我酸楚地看着一地烂镜片。

无奈至极，雾蒙蒙的我的眼，分不清苍蝇和蜜蜂，来到大街上，商店林立，我看不准哪家眼镜店更适合我。

"小妹妹，配眼镜吗？请进来。"一声亲热甜美的招呼，我进店来。

没精打采的我，没精打采地选眼镜看镜框，不懂行，也没耐心。懒懒出声，"你看着办吧，反正太贵的我要不起，太差的我不会要。"

我瘾症地坐着发呆，眼镜店里服务员姐姐和其他工作人员，开始忙碌，一个一个试，一款一款选，讲解这种，说明那种，我有点心不在焉，甚至有点冷眼旁观地看他们，"赚钱啊，这么来劲。"隐隐地有一丝不屑。

没承想，招呼我进来的大姐姐那么有心，她倒一杯水给我，还放一些茶叶，说，"这是我的阿里山茶叶呢，是爷爷从台湾回大陆探亲带回来的，一般的人，我舍不得给她喝，看小妹妹是'二般'的人，我才放一些……"她笑眯眯地说，我也被她的"二般人"逗乐了。

芬芳的一杯茶泡开，我的心也被她的微笑服务暖暖地融了，不再冷若冰霜，开始配合她为我测视力，选镜片，挑镜框，"OK！"她居然响响地打一个响指，浅粉的镜框，明净的防紫外线的镜片，试镜成功，她的额头一片细密的汗珠——而此刻正是大雪纷飞的腊月。我点头认可，她快乐地收拾柜台上的一片"狼藉"，我试戴的镜框，看过的镜片，随手摆得横七竖八的。我有点不好意思了，"对不起，让你受累了。"

她一下爽朗地笑起来，"把妹妹打扮得好看，是我们眼镜店的宗旨，你满意，我快乐！"她对着我左看右看，"嗯，真漂亮，真精神！"她对着我端详一番。

她满眼放光地看着我，禁不住我也流光溢彩地看她，"这是一个多么俊俏的姐姐啊。"我心里叹，却并不夸出口，"服务工作做得这么耐心细致。"

价位是我可以接受的，我正要付款，她却说，"'二般'的妹妹，姐姐行使店长的权力再给你打点折扣吧。"我喜出望外，连连点头，"好好，谢谢姐姐！"对着她由衷地微笑。

她定睛看住我说："这个折扣姐姐不能白给你，你要答应我一个要求。"

我心里一沉，心上有一丝鄙夷——看，生意人的精明要显露马脚！我笑望着飘飞的店外雪花，"请说。"

"你要答应姐姐，戴着姐姐给选的这么好看的眼镜，要记得微笑啊！"她看着我的眼睛，像是读懂我的心事重重，"进门来，你一直不笑，让我这个爱笑的人看得心急，以后记住，微笑，微笑，还是微笑——否则，姐姐就不给你优惠价。"她点一下我的鼻子。

我快乐又感动，抿着嘴笑，"嗯！"我努力地点头。

拿好眼镜盒，眼镜布，姐姐帮我装进手提袋，我接过来，笑眯眯地道再见。一路上，雪花飞舞，我回味着眼镜店姐姐的话，脸上的笑，随雪飞，雪停了，我的微笑没有停，雪化净了，我心上的微笑不消逝。妈妈悄悄地给爸爸说，闺女配副眼镜，把笑容找回来了，早知道是这样，让她早换新眼镜了。

哦，他们哪里知道，是配眼镜的姐姐给我的心灵安上一副快乐的镜片啊！多伤心多寒冷我总记得，眼镜店的店长姐姐给我的"优惠"——微笑，微笑，还是微笑！

戴了一副微笑的镜片面向生活，惆怅的青春，渐渐绽开笑脸，迎我以如意如愿，以花香锦色……

凡俗的小确幸

　　不沾流行，却也在流行中。一不小心发现很多"小确幸"，只好用这个正流行的词语，把它记下来。

　　凡人俗事的生活里，小确幸的确是多多，为什么我们平时没发现，是少了感觉。经了村上春树的提醒，攀比中共同发现，生活中的小确幸，真还不少。

　　不是村上迷，却无意中买了那本他的《兰格汉斯岛的午后》，或是兰格汉斯的诱惑，或是午后那份静谧迷我，我入迷在一只只小蚂蚁般的小确幸，如小蚂蚁的攀爬，点点滴滴的快乐美好，痒痒痒，在心头，我不觉噼里啪啦地按键。

　　一通电脑按键噼里啪啦，这是我的一份小确幸；百无聊赖的时候，当当一下当当网，当当送来一本书，也是一份怡心之乐；匆匆忙忙地走，不仅是走，还是在跑，接送上下学的孩子，蓬头垢面而不顾，也是一份幸福……

　　这样的小确幸果然多，多如 TV 小广告，不时地插播在生活工作的剧场剧情里，绽放如虹如星星，亮了心怀和情怀。

　　闻一闻儿子的小脚丫，臭臭的，很香，是花果山一般的幸福感。

　　给妈妈买一件新衣，被老人家骂几句"都这么老的人了，想把我打扮成妖精"诸如此类，听来比歌星演唱会还入耳入心入肺。

过问女儿的功课，被翻一下白眼，不屑地答我"要你操心，早完成啦"，亦是美妙佳音。

儿子冲我大吼："you are on my way!"原来我挡住了他的玩具车。

大风里，去签购房合同，途中手机被人悄无声息"窃"走，却又恼怒万般地还回来，"什么破玩意儿，还你！"我恍然明白他的"职业"，悄然收起，轻轻作答："祖传的！"

晌午，真的有贼来访，拎去电动车的新电池。我索性在片片褴褛的电动车唯一一片不褴褛处，贴8个金闪闪小字，"廿载古玩，原件配送"，数日终于有身影仓皇推走，讶然开怀，电池盒里一只流浪猫的腐臭，他可堪受？我嘻嘻笑到要倒！

太阳不会落下，月亮却落进井里，有小猴子在猴年马月又开始捞取……我胡思乱想并没有耽误瞌睡。因为睡梦中发现，自己的杜撰让曾经的灵感走投无路，心事指挥若定，我开始明白，醒着的时候想不通的道理，此时"醒悟"——"醒"着"悟"性打开……

花一法郎（人民币折合），在网上听得5分钟的"忧郁"，轻松得怅然。

一群朋友论厨艺，称我"犀利大娘"，癫狂成举勺晕厥状。

被先生唤一句"达令肥婆"，幸福得一塌糊涂……

小确幸很多，实的、虚的，往昔的、今日的，在意的、无意的，明的、暗的，媚的、糙的，浅陋的深邃的、粉的、蓝的，紫菜薹、南瓜秧，青草地、明月光……你感觉它，它在；你忽略它，它也在。

人生便是这样的小确幸串成串，串成昨天今天明天，过去现在将来，心里的暖，它是源；生活的亮，它揪动……"微小而确实的幸福"，不仅是村上大作家那寿司一样的快乐和舒心，卷着会心会意，传递在你平淡安然的寻常时光。

小确幸，以你小确幸的心思，品味咂玩，它随处洋洋洒洒，眯了眼，醉啊醉，荒废的，浪掷的，更有那小确幸……

此刻，敲打完这一串电脑键，我又把一份小确幸掂入心囊。随后，花一个冬日午后，晒晒我囊中的小确幸，那静的阳光，那静的风，是它的风姿，韵了我的寒雪里的树，我的午后，我心上的兰格汉斯岛……

飘香的风

带着孩子学琴，他坚持要吃完煎饼馃子再上学，我依了他。

这个煎饼馃子摊是我熟悉的，40刚出头的煎饼馃子师傅看上去像五十多岁。他常说："干体力活的，显老相。"

这一天的寒风里，寻不到他的影子，便对孩说，要个烧饼吧，孩子不乐意，说是煎饼馃子更好吃。"喏，他在那里。"买烧饼的人说。我们看到，他躲在一角旮旯里，依然围满等待的吃客。

终于手上正做的这个是我们的了。旁边有夫妻样的中年人在吵，声如裂帛。路过的人、等待煎饼馃子的人都转了脸看过去，全是沉默。只有这摊煎饼馃子的师傅冲着吵架的人说："人生苦短，不要吵了。""你不要乱说话，你又不知道人家为啥生气。"他的媳妇低声阻止。他还是说："人生苦短，吵什么吵啊。"然后，他讨好地冲媳妇："是吧，媳妇！"他媳妇笑笑。我了解这两口子。他们是附近的农民，忙时种地，闲时就来

街头卖煎饼馃子。经济虽拮据，但两口子都是乐天派。

有一天，我看到两口子同吃一截甘蔗，你一口我一口，轮着啃。对面的小贩看到他俩这样，不禁说："你俩还怪浪漫哩！"女的只是笑着，咀嚼她的甘蔗，男的说："甘蔗好甜，要不你也来尝尝。"对面的男人说："我哪有你那样的心，我老婆天天埋怨，说她没件像样的冬衣，不如人哪！"啐一口甘蔗，男的答："你老婆要是穿我当家的这样，还不要哭死，她这棉袄还是结婚时候买的呢。"女的点头，含着甘蔗，一脸笑："照样暖和！"

我听得乐了，心里想，煎饼馃子里都冒着乐和的热乎气儿，这样的俩人啥时都过得甜。

真的呢，我也看到过他们没有生意的时候猫在小街的角落里。冷风阵阵，两口子脸都吹皱了，但眼神却依然舒展，笑吟吟地相望。风打着哨从耳边飞过，他们听听风，仰脸看白云："当家的，看那云多白，像不像那年结婚时候的样子？"

我笑着打断他们："来张煎饼馃子，不要光顾谈情说爱喽！"男的笑嘻嘻说："今天是我们结婚 15 年哩，让俺当家的跟我受屈哩。"女当家不依："说啥呢？埋汰人不是，我啥时候嫌了，你要不过意，一会儿摊个煎饼馃子犒劳俺吧！"女的说着冲我和路人笑，男的乐得一个劲儿地点头。

我拿着煎饼馃子走开，想起美国诗人勃莱说"贫穷而听着风声也是好的"，况且，他们的风声如此美好——"赶紧，我给你摊个煎饼馃子庆祝咱们结婚15年。"煎饼馃子的香裹了他们的说笑，从身后飘向风声里。

我 是背诵高手

坐在讲台上的孩子

新接的一个班,讲台上坐着一个孩子。

我提问他:"近水楼台先得月,请你给老师背诵《核舟记》第二段吧。"

他站起来了,却低着头,手摸着课本,不说话,也不背。

"不会吗?"我问。他摇摇头。"签字了吗?""没有。"听到"没有",我不由得有些不悦,中途接班,我已开始把我的理念渗透给他们,"要学得轻松快乐,就要学得高效",我留极少的家庭作业,但必须按要求完成,否则,严惩不贷。

昨天的作业是把这课的二三段会背,否则,抄写 10 遍。这是恐吓,也是策略。接班几天了,天天这样,他们轻松快乐地学,很有兴趣。因为作业少,因为不用写到半夜三更,他们甚至表现出感激的表情。不想,今天的背诵把他们卡在这里了。

我接着抽查,第二个同学不流利地背下来,第三个同学也背诵得丢三落四,她也没签字,想是没有背会,怎么签"会背"的字呢。

他不会背——全班罚默写 10 遍

与前几天的效果相比，今天显然很糟糕。

我轻轻地说，"同学们，今天受罚，晚上回家每人罚默写 10 遍。"

一群孩子吓住了，不敢吭声，沉默一会儿，终于忍不住，"老师，不公平，你提问的人正好是平时都不背诵的人。"大家七嘴八舌地告诉我，"李新鹏从来不背，他从来都是抄。""黄小莺也很少背书。""只有张春燕背，还背得慢。"大家议论着，开始有孩子指着几个学生，"老师，你提问他，提问她……"他们指的有语文课代表，我看到了。

我知道抽查"失真"了，思考一下给他们说，"咱们是一个集体，我知道会背诵的人很多，可是正好抽查的 3 个人，两个背不全，其中一个一句也不会，那只好按约定——受罚。"看到他们很多人都不服气，指着讲台上的孩子，"老师，他从来都不背，同学两年了，他都没有背过一回课文。"纷纷给我说着。

我看这个讲台上的孩子，他怯怯地，看着我。我思忖一下，说，"这样吧，大家写 5 遍，这两个没背的同学还是要默 10 遍。"

"老师，我们现在给组长背诵，谁不会谁再默写，好吗？"许多的眼神请求着。处罚不是我的目标，学会才是目的。"这样吧，放学之前，背诵过关的，不写，不过关的必须写 5 遍。"我狠心地抿嘴，不再动摇。

他答应背诵一句

继续上课。

我发现讲台上的孩子开始抄写他的"10 遍"，不再听讲。

我把课挽个结，留下几分钟，留给他们"过关"。整个教室的孩子认真地你背,我背,争着"过关"。

讲台上的孩子还在抄他的 10 遍,我凑近他,"你为什么不背?""我背不会。""你背了没有?""我从来都不背,我都是抄。""你抄了,能记住吗?""不能。""你背过吗?"他耷拉着脑袋晃头顶。

我长吁一口气,"你不是不会背,是你自己不背;你自己认为你背不会,你才背不会的。"我说着,看满屋的孩子小蜜蜂一样嗡嗡地背诵。

"你抄写累不累?"他点头。

"你看,你又累,又学不会,这有什么意义。你做了苦力,竟学不会,考试还得不到分数……"我摇着头。

我转一圈,还来找他,"你背一段,行不行? "我盯着他的眼睛,他看我一眼,赶紧低下去。"你不要写了,我想让你背。你背会了,多好,也不用累了,还学会了,还能考试得分。"我给他讲理。

我重复一遍,他心有所动,不写了,看着我。"我不会……从来不会……"

"你背一句,肯定能背会,你背两句,肯定也能背会……"我感觉他的眼睛不明显地闪了一下。"嗯……"他比蚊子的声音还细微。

我使劲地点头。他开始不写了,嘴巴轻轻动。

他决心完成背诵——解救同学们

等我再转到讲台上,就要下课了。"会吗?""会好几句了! "他的声音,我已能听得到,我感觉他的自信的芽,那么纤微地钻出一点。

我笑了,"看,我说你能行吧!"他依然低头去。"这样行吗?"我又和他商量,"你要是把两段都背会,全班同学就不用写 5 遍了,行吗?"他不能答应,却流露出很想很想答应的样子。"你要是认为晚上回家能背会,你放学之前去给语文课代表说——说全班同学都不要写 5 遍了!

她要问为什么，你就说——别管啦，反正老师不会批评大家！好吗？"

他轻微地一闪眼睛，我隐约看到眼里有一朵亮亮的花朵，他跃跃欲试了，那个心底里的芽芽，又往上蹿一下。

下课铃声响起来，我跟大家说"再见"。

走到门口，回头，再回头，我看到讲台上的他，走到语文课代表那里。我悄悄立一下，远远看到，课代表兴奋的眼睛，围上来的几个孩子，眼睛也亮了。

"哦，耶！"

我听见他们的声音，在身后响起，我看见他的眼里，有什么东西亮了。

他说——我是背诵高手

我教到他们半学期的时候，举行期中考试，班里的平均成绩有提高，并没有突飞猛进，作文和阅读还得慢慢要火候呢，但是所有的同学都发誓——老师，背诵默写，我全得分了！

讲台上的小男孩，他不说话，他把卷子伸进我眼里，指着："老师，没错！""老师，全对！"

知道吗？几个月里，他把教学大纲要求的这一册所有应该背诵的诗文，全背诵下来了。

没有谁说他是背诵高手，他却在期中考试的作文里，自己写——我惊奇的事——我是背诵高手！

丢了一枚钉子

骑车的时候,发现车子哗啦啦地响,妈妈说,"你的车子丢了一枚钉子,快补上!"

我没听,其实是没在意,两天后,车子居然散架了,妈妈说:"赶紧修好啊,不然多危险。"

在妈妈的催促下,我去修车子,电动车行的老板说:"制动上的螺丝钉也没了,再晚来,真不知会怎么样。"我一下子很后怕!

想起有个同事,骑自行车,从河堤上下来,前轮飞掉了,她一下子从车上栽下来,毁了容。其实也就是一枚钉子的事,"卡前轮的钉子丢了,没发现!"她流泪说。

我想起我曾经也有一枚钉子丢了,我不会爱,我受伤害,最遭罪的是先生和妈妈——他们离我最近,对我最亲,正好被我失控的情绪和阴霾密布的心伤脑筋伤到心尖上。妈妈说:"你那时候,心里有枚钉子掉了。"先生感叹:"你差点把咱俩都给报废了。"

"总算,你正常了,幸亏有我俩为你修复一新。"妈妈瞥一眼,余"恼"对着我,先生却说,"她也自救了的。"

是啊,丢了钉子,要找回来,找不回来,要找替代,没有替代,也要自造,要进行"心"的修葺。

多年以后，我学管理，看到"蝴蝶效应"，一次轻微地扇动翅膀，会带来遥远国度的惊天飓风。遥远的国度，遥远的距离，跨越的，连锁反应的，是空间的，也可以是时间的，飓风也有因果，飓风也是因果，不管是人生的、命运的，还是大自然的飓风，它都跟一枚"钉子"有关，你在意，或不在意，或没有在意；钉子是有形的，也可以是无形的，是物质的，也可以是理念和精神的。

你的钉子有没有丢？你丢了一枚怎么样的钉子？

炎夏的雨过天晴后，空气清爽又透明，我正悠闲地在西安书院街逛荡，我的同事在手机里传来另一同事的"讣告"，天哪，英年的、美丽的，我那性情温和的女同事，她放弃了生命——优秀的儿子在国外读书，英俊的丈夫担当政要，父母是小城的头面人物，她本人也是职务在身的。她是周围人眼睛里"幸福的人"。

为什么，怎么能够？可是，她是如此决绝，反锁家门，开了煤气，睡在厨房的地板上，再不起来。

曾经她半夜给我发信息，晨起我才发现，"怎么半夜三更不睡觉？"我问，她答："睡不着。"曾经，她问过一些边缘化的字词句，有的我给出答案，有的我问遍我的字典资料，也不能回答，有天偶然在网页上发现，那些好像是算命测运的秘籍文字……后来，她升职，离开我的视线，如今，却以这样的方式闯进我的心头。惊涛骇浪，掀在我夏日雨后的安闲里，我的闲云野鹤凌乱地拍打剧痛的翅膀。亲爱的，你的哪枚钉子丢掉了？是哪枚钉子如此重要，让你丢下如花的岁月，锦绣的生活？

一枚心灵的钉子丢了，于是丢了我身边如此华美秀丽的一个人啊！

一位男同事，为人仗义实诚，偏偏苦家出身的他，节约成癖，以至于在婚姻里，也是心细到极致——对于花费开销。居然因此离婚了，对方说："不是过日子人。"周围人像轮胎一样要爆掉："不可能，他是仔细，又节省的人！"对方不紧不慢地回："是啊，仔细得很，节省得紧，不是过日子的人，一分钱看得比天都大。"

就这样，工作好，有大房子，还有车的他，居然，一个一个女朋友地见啊见，从来没闲着，从来都是热饽饽，他却再也没有结婚过。偶然有谈过的人说起，"他人极好，就是小气一点。"

小气，不是毛病，自古以来节约是传统美德，从来都是提倡的，可是，如果过了头呢，老祖母说过，什么都不要过了头，物极必反呢。我想善良正直又多才多艺的他，是不是就因为这么一枚小"钉子"，让他把婚姻再捡拾不起呢？终究让他丢了什么？

每个人，每个物件，都有许许多多小钉子、大钉子，有的要紧，有的不重要，有的不关键。丢与不丢，还要看丢的是哪一枚，哪个部位？

有的"钉子"丢了，伤心情；有的丢了，害幸福；有的丢了，却很要命……及时检修，我们的物件，我们的心灵，维修保养。生态环境，自然的，心灵的，人文的，让运行的系统都正常，都和谐，才有一己的舒适，小家的和睦，大家的幸福。

美好着，你的心，你的物，我们的生活，不要丢一枚钉子。因为丢一枚钉子，会坏一只蹄铁，坏一只蹄铁，会折一匹战马，折一匹战马，会伤一位骑士，伤一位骑士，会输一场战斗，输一场战斗，会亡一个帝国。

你的钉子是什么？你的帝国是哪样？不要丢了钉子，不能沦陷帝国。

陪云漫步的蝴蝶

蝴蝶有一双美丽的翅膀，我多么羡慕，当我还是一个小女孩的时候，当我长成一个大女孩的时候，当我成为一个少妇，成为妈妈的时候，我依然望着阳光下，蝴蝶的翅膀，莫名发呆，痴迷不已。

小小的孩子拖着我的裙裾问："妈妈，蝴蝶的翅膀哪里来？"

我沉溺得太久，忘记了思考；或者，无脑的我，就没有想过"美丽的翅膀哪里来"。我是一个只知道羡慕的人，所以，我永远都在羡慕，我永远只能羡慕。

9岁的女儿不这样，她说："蝴蝶的翅膀哪里来，我也要有一双这样的翅膀。"

6岁的儿子也不甘落后，"姐，我们去寻找。"

他们对着一元钱买回来的两只春蚕架起录像机，录下蚕的成长过程，反复研究蛹的蝶变以及蝶产卵的过程。一个说，蚕的一生真努力啊！一个说，蚕变蛹，蛹化蝶，蝶产卵，一步一步，每一回都是坚持不懈！他们又去花园里追寻蝴蝶的翅膀，看见翅膀被打湿后，蝴蝶多么艰难地振翅，多么竭尽全力地飞！

从此以后，女儿要花裙子，也要一摞摞书，要棒棒糖，也要上古筝课，上舞蹈课……儿子要烤鸡腿，也要点读笔，要魔方，也要学围棋……

我说，不行，孩子不要太累了。妈妈，不累，哪能随便就长出翅膀，我们学习蝴蝶，练习飞翔，这是我们的游戏。

坚持着，飞一飞，真的会长出翅膀，努力着，飞一飞，居然就生出翅膀。女儿的画去韩国展览了，她说，还要去法国哪个馆里展览才叫真正有翅膀；儿子的口语表演去电视台录像了，他说，我才长出一双翅膀的"芽儿"……

我说，孩子们太累了，歇一歇。

他们说，蝴蝶歇了吗？

你看，它在花瓣上趴着呢！

"那是在汲取营养。"女儿说，握着她的画册。"不懂了吧，妈？营养丰富才能飞得高远。"小儿对着镜子校正他的发音。

有一天，两个小儿对着一群土豆下功夫，去皮，切丝，我呆呆看他们，如同看蝴蝶的翅膀。"妈，不懂了吧，蝴蝶要全面发展。"两个孩子嘻嘻地笑。

粗粗细细，长短不齐，酱油放得黑乎乎，那一顿是我吃得最美味的土豆丝。

饭后，孩子们给我上课：妈妈，知道蝴蝶的翅膀哪里来吗？

我认真听讲，"爱迪生失败了一百次，又坚持了一次，实验成功了，这是科学家的翅膀。"

"要是还没有成功呢？"我插口问。"那就进行第一百零二次实验。"小儿不耐烦地看我一眼，"直到成功为止，坚持是走上成功之路的梯子。"女儿接口，"也是成功的捷径。"我几乎喷出笑来，忍住表情。

"王楠、邓亚萍一个球一个球地打，一分钟一分钟地练，她们打烂无数只乒乓球，终于把梦想打亮在地球村，这是运动员的翅膀。"

我听得目瞪口呆，我听得哑口无声，我听得陶醉，也担心，俩孩子讲

得这些翅膀都太灿烂了。

"妈，你跑神了。"女儿发现了我的目光如鱼，在东游西晃。"注意听啊，该讲到跟你有关的了。"我赶紧盯住孩子的眼睛。

"一天一天洗衣，一天一天做饭，一天一天把儿女养育长大，粗粗的手，肥肥的腰，这是妈妈的翅膀。"他俩一个拉手，一个抱腰。我奇怪，"我也有翅膀吗？"

"妈，大自然不会放弃任何人。任何时候，任何人都有翅膀，你是隐形的翅膀，你没发现哦？"小儿蹭着我的臂膊。

"不要自卑哟，老妈。"女儿居然踮起脚拍拍我的肩膀。"老爸飞，翅膀有力，有一半是你给他力量，对吧，老爸？我和弟弟飞，也有你在送电加油，你是我们隐形的翅膀……"

"我一个家庭妇女，也有翅膀，也飞？"我一脸大惑，不解地看孩子们。

"妈，谁都有翅膀，小燕子有、花喜鹊有、小草有、大地有、宇航员有、小蚂蚁也有……"小儿摇头晃脑，女儿的花裙子飞来飞去。

稀里糊涂的我，被他们晃得眼晕，晕晕乎乎有点明白，童心可爱，童心可敬，哪里有童心，哪里有翅膀飞。"老妈，哪里有坚持，哪里就有翅膀，这是翅膀生长出来的秘密。蝴蝶飞翔着陪云漫步，这是我和姐姐发现的秘密。"小儿对着我宣布。

再看美丽的蝴蝶，清风里，花丛间，我痴痴依旧，但不再呆呆，忍不住抚我的臂，翅膀人人有，阳光之下，你飞翔，以心，以爱，以技能……付出就是翅膀，坚持，前行，像蝴蝶陪云漫步，飞翔着，收获生活的霞光——一根一根金羽毛，银羽毛，快乐的羽毛……

那一天,我走进考场

这个夏天,高考如约来到。"月亮在白莲花般的云朵里穿行……"美好清亮的音乐放起来,路过校园门口,我看到那么多的孩子走进考场去。

想起,多少人甚至差不多的每个人都曾经走进那考场,或者,曾经想到过,走进那考场。

思绪倾盆而下,我想起,多少人,看到这一天的人潮和车流,会想起,自己也曾经在那一天,走进考场去。

那一天走进考场的人,带了多少牵挂,多少祝福,多少期盼。

那一天,我走进考场,带着爸爸妈妈的愿望,他们希望我有个学上,然后有份工作,然后,好好度过一生。

父母没有太多期望,不能替我设计人生和安排一份工作的他们,指望我自己安排自己,他们没有太高太多的向往——顾住你自己就好。

我走进考场的时候,不紧不慢的,当时铃声响过了,我的老校长在门口巡视,其实每次考试他都这样,在校门口张望转悠,看他的孩子们,还有每一个来考试的孩子是否顺利进入考场。已经打铃了,你还慢悠悠的,快点,跑起来。他对着我喊。

我知道不会晚,但还是跑起来。

我想象,我的背后有老校长的释然,或者他会猜测,这是一个什么样的孩子，她怎么不着急。因为我在路上已经受到两个阿姨的质疑，"这孩子什么都不带，人家可要啥都给她准备好哩？"口气里是一丝浓浓的怨恼，我听出来了，她们也是为我急，为我好。其实她们不知道，我的笔、橡皮、圆规、三角板都揣在裤子口袋里，我一个人上考场，不让父母陪，他们忙他们的。

我走进考场，轻轻坐下，答卷，交卷，迷糊地想象，我这一次能怎么样，会怎么样？

我只平淡地想，做我能做的，把会的题都答出来，把不会的再想一想，把半会不会的到最后蒙一个答案也写上。一场一场，考下来，考完了。

我喜欢有雨的南方，可我的分数实在走不了太远，就报了一个省内的南方，那里有雨、有山水、有茶树……我去了那里，听了4年鸟声，闻了四季荷香，那里的雨滋润我的青春少年心，令我成长，让我回味，那里的人和事，在我心上，每次睡醒，都有它们在，情感，故事，快乐，忧伤，幸福着，平凡着，伴随我的工作和生活。

那一年，我走进考场，收获了该收获的，失之交臂的都是应该的，留下来相随相依的，也都是应该的。我感恩，感谢，那考场，那运命，那祝福的眼神，期待的心。

走进那考场的，何止千百万的人？

我的同学琴，一次一次走进考场，她只为走出农村，成为一个有城市户口的人，第一次，她失利了；第二次，她没考上；第三次，考试前一晚太热了，她和同学们一起睡操场，居然让人无意在头上倒一脸盆污水，发高烧了。年纪渐大，年纪本就大的她，终于不再走考学的路，她南下打工去了，从此无音信，每到高考，我都会想起她，想起她的辛酸，和我曾辛酸地祝福她。想起冻伤了手的我，曾经怎样被她照顾呵护，小妹妹一般的待我，帮我刷碗洗筷子，每到这一天，我都会想起她走进考场时青春的背影。

也是这一天，我会怀念颖，她如今在大洋彼岸工作生活，清秀美丽的她，如此聪慧，同学们当时就说，她是上帝的特制品，集美貌聪明和善良于一身，羡慕她好命的同学们，哪里知道她曾经是一个弃婴，被亲爹丢出去三次，又被不忍心的奶奶捡回家，她从小跟着奶奶长大，她的小名叫"捡"，只因为她是家里的第四个丫头。那一天，她柔弱美好的身影走进考场，心里揣着奶奶的信念，小姑娘照样走天下。多年后，带着洋女婿回来接奶奶的她，让奶奶笑得满脸泪，小丫头，没有想到走得这样远……

有一个农村出来的朋友，他的母亲早年守寡，受尽排挤和冷眼。他说，母亲嫁到他们林家就是供学生，种地，磨粮，送学生。当年送他爹，爹供出来了，却早逝，后来，又供孩子们，年年劳累，种地，打场，磨粮，送学生……好不容易他走进考场，外人却对他的娘说风凉话，老林婆娘，没那个命，还心强，不怕再供出一个，还留不住……听到这话，他娘伤心地哭一夜，不为自己的苦累，只为别人带给她的伤。朋友说，听到他领回通知书，有人瞪大眼问，考的啥学？一听说他要上师范，一脸无所谓了，哦，孩子王啊。没想到这个要当孩子王的，阴差阳错，如今却是担着政府要职。朋友说，那一次考试，给了他机会，而今，年已八旬的母亲总是心清如水地嘱咐，乡里乡亲的，能帮人家可一定伸把手……

那一天，你曾经走进考场；这一天，又有多少人走进考场？

清凉的考场，酷热的考场，背后的眼神里，几多期待，几多祝福，几多世味？

尽情挥洒，尽情执笔，人生，是一场考试，又岂止一场考试？天地人心，善良幸福，都是春蚕吐丝一般的给予，结个茧，来自灵魂深处，来自岁月丛林。

祝福你，年轻的朋友，亲爱的学子，今天，你走进考场，走进人生。这里有花有草有森林，有高山凹地泥沼，有和风也有暴雨，有小河沟也有大海洋，有虫蟒飞鱼，有虾米鲨鳄……

轻风拈着书页，等你认真执笔……

走 进春风

走进春风，做几件春天的事。

轻吟一曲《春光美》，清唱一首《桃花朵朵开》，悄填一阕《鹊桥仙·春色》，看一场《开往春天的地铁》，沐一回"春之浴"，洗一次染上"凤仙花"的发，食一桌"山之春"的素餐，临摹一幅女儿的春之作《草色遥看近却无》，读给小儿几"滴"《林中水滴》，润润他幼嫩的心，浇浇他童话一样的眼神，也给先生灌溉一下，拉他站在高岗上，吹一串口哨，应和小鸟的鸣叫，唱醒春山深处的牧笛。

拜访春天，带着学生走进春风，浸春光，染春色，感觉草色遥看近却无的美好，聆听林中水滴的清新曼妙，领略桃花朵朵开的鲜妍可爱，带一群璀璨的童心，种下一群可爱的童话，在天地间，在阳光下，发芽着真，生根着善，成长着美，岁月的横笛里袅娜人间烟火的天籁，人世的炊烟里汩汩流淌日子的鸟语花香，每颗心灵传唱着生命的美好，每个灵魂盛开成春花朵朵，红尘处处是春山，每一缕世态风都是春意，每一滴人情雨都是甘霖。

喜欢春水，走进春风里看水，双眸里荡漾着汪汪的春之风水，心头的大自然里息着大地的暖意,魂儿便婀娜成一朵清澈美丽的莲,这美丽如春水,流淌得日子幸福满溢;如春水,吹拂得人间春光满怀。我听,我看,我品味;我赏,我赞,我珍藏。把这春之风春之水,收进心窝,滋润生活。

青春的深山里,有过一个"小女子清纯的声音,在树林里轻轻地歌唱",走进春风,走进时空那片树林里,探访那"清纯的声音","轻轻地歌唱",是否轻轻还在,是否清纯依旧?沉思那春风里,碎如星的粉笺,已在心底沉寂,还是已悄悄复原?岁月如春风,吹拂得记忆净净的,静静的,那一份青春的暖,在静静的山冈,开着净净的粉色小花。记忆呢,早已悄悄闪在那帘幕无重数里,闪一闪,闪成一枚白天的星子,随意地悬在一角。

每每春风轻轻送,也送来我的梦,我的想,爹和姥姥的叮咛装满怀,人生路上,我对他们的想念和爱恋,春风装不下,山冈撒不尽。姥姥穿了厚厚的棉衣睡在开满金色花的乡下,那泥土是温热芳香的,我想姥姥喜欢它,春风流水里,姥姥还会听到我童年的歌唱,那些童年的欢笑,自然会奔跑在她圆圆的坟茔旁,将她永久陪伴。走进春风,我就走近姥姥,给她说说话,陪她聊聊天,年年的春里,长一轮我年年的追记。爹爹啊,睡在我为他选的带着风景的"木房子"里,虽然在大肖叔叔的张罗和帮助下,已经给他在南山买了一块地,挨着大肖叔叔事先给自己选下的"家",他们以后还是"老战友",还要做邻居,可是看着那冰凉的水泥地铸的"箱子"一般的墓地,我就是不忍心把他送进去,怕他冷,怕他寒,更担心会有爬虫去打扰他的安宁。索性,我一直让爹爹住在高高的六楼上。这样,妈妈闲时也可以去给他打扫一下房间,我们更可以常去看看他,最放心的是,他一人住 套房,宽敞也明亮,不用担心他会被雨淋,会被风吹。走进春风,我要撷一缕春风给父亲,暖暖他的"木房子",给他点一支烟,泡一杯他喜喝的浓茶,述一述他的孩子们在人间的春色,给他听,让他颔首,让他微笑。生命里,每每爹爹颔首微笑,我自会在春风深处翩跹歌舞。

"孩子，若有烦恼，就去田野，慢慢走一走，烦忧不见了。"爹爹在时曾这样给我说。每年的春天，我都要去看田野。田野是记忆，给我安慰；田野是安慰，给我启迪；田野是启迪，给我哲理；田野是哲理，给我指示；田野是指示，给我明媚；田野是明媚的春天，带给我灿烂的生活。田野啊田野，走进春风，走近你，你告诉我的很多；你给予我的更多……让我静静地，静静地，望春风，望你！你的碧绿、你的广阔、你的沉默、你的坚忍、你的宽厚、你的朴实、你的素淡、你的浓郁、你的简单、你的深邃……你无语，给我最真的箴言。只因为，这儿是大自然……我要把大自然接进心里。

走进春风，要做的春天的事很多。走进春风，才不辜负它的来临；享受春天，才不辜负我们的生命。

把 线拴布上

外甥女的体育课上需要7只小沙包，"拇指头这么大！"她比画着，自己准备"开工"。

周日的午后，阳光明媚地洒在阳台上，一家人索性一起热闹一下，"开展个集体活动吧，缝沙包。"姥姥提议，两个孩子拍小手，"开个缝沙包的PARTY，哈哈！"

姥姥负责找布头，谁让她是大管家哩，尤其是废弃物的收藏家，变魔术一样,老人家拿出一堆花花绿绿的小布头。"这些老古董啊!"姥姥恋恋不舍地交给我们,我发现里面居然有一块是我中学时候穿过的印花布,那一刻,时光倒流,流在心头,湿汪汪的。

我来裁,妹妹穿针引线,外甥女和儿子也要缝,一不小心,儿子还把针线包倒个底朝天,所有零碎滚了一地。我喝令他:"一边去,别捣乱。"

姥姥一旁看不过,"啥是捣乱,这是参与,有啥不好?"她拉过儿子,"来,姥姥教你。"一老一小另立一摊,老的眼花,小的穿线,小的捏不住针,老的极有耐心。

外甥女也在帮忙缝,她缝的针脚东倒西歪的,妹妹也在挑剔着。姥姥拉着儿子又凑过来了,不依地说,"妮妮能缝成这样就不赖啦,你小时候还不如她呢。"

因为要缝成拇指头一般大,对于大人的手来说太小了,8岁的外甥女一会儿居然就上手了,她还不停地指导弟弟:"道道,你怎么没有给线打个结,看——"她一拉,儿子缝的线从布上又跑下来了,儿子大怒,冲姐姐喊:"你赔我,我好不容易缝好的,你给我弄坏了!"姥姥忙劝架:"让你姐教教你,你这样不打结,根本缝不住,你姐不拉,它也会散。"姥姥和外甥女示范着教儿子打结。

"这下好了!"儿子踌躇满志的样子,"看我的好吧!"他开始加油。

我和妹妹已经各缝好一只,姥姥拿出米来让我们装进去,封上口。两个孩子欢呼地扑上来看,我又开始裁布头,妹妹拿起儿子的活儿放在眼前检查着,"看,这回我缝的好吧?"妹妹点着头,"嗯。"妹妹又拿起来看,"嗯?不对吧,道道……"

儿子应声上前,"怎么了,姨妈?"只见妹妹两手轻轻一掰,"又开了?!"儿子懊恼地发现。

"我知道怎么回事了,道道,你怎么缝完之后不打结呀?"妹妹问他,"开头一个结,缝好再打一个结,才能把线剪断,不然还是会开。"

儿子看一会儿，"噢，明白了，原来得把线拴到布上面才行啊！"

"对啦，就是要把线拴到布上，它才不掉下来，布才能不分开。"我也附和。

"就像你和我爸是布，我把你俩拴一起，然后咱就成一家了。"儿子对着我开始畅想。

妹妹笑了，"哪跟哪呀，你又不是线。"

"我是他俩的孩子，就是他们的线，妈妈生气的时候说过，要不是我，就不跟我爸过了……"儿子开始掀老底。我赶紧地说："打住打住，儿子，胡说什么呢。"

"难道我说得不对？"儿子歪着脑袋质问。

"姨妈，弟弟说得对呀，孩子不就是大人的纽带嘛，书里这样写的，我看过，线就是细细的纽带啊。"外甥女举着她刚缝好的小沙包走到我面前，"看，多漂亮，把线拴布上，就成这样了，不能分开，就像一家人一样。"

"那姥姥岂不是一根大大的纽带，她把咱家这么多人拴系在一起。"我也开始顺着孩子们的思维往前"爬"。

小小的儿子又有了新发现，"那结呢，一家人拴一起是不是不用打结，就不会分开？"

大人们开始深思了，姥姥说："是呀，血浓于水，胳膊肘儿从来不会朝外拐。"

"血亲是最自然状态的亲，也有不是一家人不是照样很亲吗？"妹妹说。

"对，对，就像我们班的田叶子，她和她奶奶就不是一家的，她奶奶捡了她，就养活她，她们一起过日子，互相爱。那是什么把她们拴一起的呢？"外甥女看着大人们的眼睛找答案。

我给孩子们说："其实吧，爱就是线，亲情、友谊、爱心、良知……都可以把人们拴在一起，还可能拴系人和动物，不是有人专门收养流浪猫狗吗？"

外甥女直点头，"就是就是，我们不是到处给人捐款的吗，给四川捐款，这回也给日本捐款呢，爱和心就是线，结就是善良……"孩子小脸激动得红粉粉的。

"妈，姐姐说的什么意思呀，她是不是说，只要互相爱护，世界就是一个大沙包？"儿子的话逗得大家哈哈大笑。

"我说得不对吗，妈？"6岁的儿子很不好意思。"没有不对，只是这个比喻，好怪异……"我说。

"弟弟你太有趣啦！"外甥女抱着弟弟的小脸一通亲。"照弟弟的想法，里面装着人，沙包就是地球；里面要是装着星球，沙包就是宇宙喽！"

妹妹接口说："那要是装上爱和心呢？岂不是人类和历史了。"

晚霞燃在天边的时候，家里的人都回来了，两个孩子快乐地给他们讲述下午的"沙包PARTY"开出一个硬道理："把线拴布上，线和布，布和布，就都不会分开了！"

缺乏想象力的先生呆板地问："什么是布，什么是线？"

灵机一动的妹夫接口问："谁是手工？"

学哲学的小弟媳应声道："这该是归属于哪个范畴呢，是……还是……"小弟给她说："你立个项，给研究研究，把线拴布上衍生出的真善美！"

弟媳冲着大家开心笑，还有谁笑得不开心？因为布、因为线、因为把线拴布上……

做块布，做根线，要不就动手去拴，人为布，心为线，爱做工……

为时光、为日子、为他人、为自己、为树、为雨、为花、为风……一拴快乐来，一拴幸福黏住了。

少年时代的乐土

粒糖，两张纸

教了三年的学生，要毕业了。

最后一次语文课上，给每人发一张作文纸，我亲自发，亲自收回来，内容形式我不限定，每个人随意发挥，任意作为。

收的时候，我不能看，当面看，他们要羞了。

他们折成不一样的形式交上来，有丹顶鹤的样子，一只大的，两只小的附在大鹤翅下，还有一点点小纸片，写一句："老师您是这母鹤，护佑我们成长！"我明白了，她把这一张纸撕开了，折叠成一只母鹤，两只小鹤，还余下一片纸，写一行字。

我的一个课代表是个温驯稳妥的女孩子，特别踏实，三年来帮我做了不少事，是一个非常称职的小助手，曾经有一段她因为什么事向我"辞职"，我接到字条，不理会，我知道不理会，也就过去了。她执着地找我，"老师，您看到我给你写的信了没？"我答："看到了。"不再理会。她嗫嚅道："老师，我不合适，让别人干吧……"我摇摇头，认真地看她一眼："我认为你行，不要再找我了。"再不理她。她尽职尽责，之后也依然是那美好尽心尽力的课代表，得过奖，受过委屈，有同学给的，也有我给的。3年了，这个宽厚善良的孩子会写什么呢？她交上来一只折叠的小船，船上载着全班每一个同学——她把所有同学的名字写进"船"里。

这代表什么呢,同舟共济,患难与共,乘风破浪,勇往直前……可能这些意思都有吧。

交上小船的还有几个同学,他们表达了大体相同的意思,有的是几个好朋友在船上,有的是自己的人生航船,还有和亲人共聚的……

那个我批评最多的同学呢?是一位漂亮的女生,也许就跟她的"冤缘"深呢,无意中,曾经两次因为我抓她把柄,她"被反省",第一次,她没记仇,好好地来了,我感觉到她对我的不记仇依然如故,也很让我感动,改了还是好孩子,我心里头说。她的成绩上来了一段,作文有几回写得出其不意地好,我表扬了她。还有一段好笑的"轶事",她在阅读练习书上写上"胡歌",又写上自己的名字,我滑天下之大稽地批上,"到底是胡歌的本子,还是 YM 的本子?"她哭笑不得地从最后一排的座位上冲我喊:"老师,这是我的本子!"我居然大言不惭地问她:"那你为什么写上别人名字?"她苦笑着弯下腰,好像笑得肚子痛,周围的同学也都笑翻。"老师——老师——"终于,我才明白。再交上本子的时候,她在旁边批注:"胡歌是我偶像,我是 YM!"我翻着作业,不能自已地嘿嘿笑,心中叹 OUT 啦!

我的另一个课代表,是一个聪慧能干又很有才情的女孩子,也是最早发表作品的一个。一开始有点不够努力认真,欣赏她的聪明机灵,也有意冷落过她一阵子,希望她能把心思都放学习上,这一年多,她是越来越专心致志了,成绩也越来越好,好几次都考了语文的"尖"。可不知最近怎么了,她悒郁还孤僻了。课堂上来回走动的时候,我已看到,一张纸上,她只在角上写了"WYZ",她的名字,空着纸又交给我,我明白,这张纸不空……至少,我记得她努力学习的样子,进步的样子,初入班,裹着"裹脚布"的样子——练习跆拳道骨折了,还有她灵光闪现的文采和种种。少年心事,少年心胸,那是怎样的心怀啊。

有一个女孩子写了"少年江湖老",画了侠者的背影,还有斗笠;还

有的写了词，"湿了春光，弹指间"；还有写这，写那，写那，写这。读图时代，图还真不少，我此时才发现，孩子们中间藏龙卧虎，那么有创意的绘图，理性的男生，也是感性的，他们互相留签名、留祝福，写他们各自喜欢的歌词和句子，我由此窥见他们的"心大陆"……这是一群内心如此丰富多彩的孩子，他们站在人生第一个站台对着我，我只看到他们的背影，心灵的一角。我后悔，怎么不在平时就多些这样感情的交流和联络……我不能不对自己承认，更多的时候，我只是把他们当成接收器，接收我要传授的知识，我虽然口口声声说不重视分数，其实，我一刻也没有放弃用分数来打量他们，剥开成绩，他们是如此鲜活可爱！

发纸的时候，有孩子提议，应该对老师说"谢谢！"他们几个孩子就对着我说"谢谢"。提议的孩子是那个在军训时候特意从制作室带出来一把自制的"大刀"的那个，不由得我又想起那个"LX"，是他最终把大刀带回来，交给我，"给弟弟的。"他说。如今，他不知在哪里求学。他是一个爱眨眼睛的瘦小的孩子，心性善良，只是成绩"不好"；和他一样中途离开这个班的还有……希望他们好，一切都好，什么都不错，不要错，我祈祷，为所有的孩子！

这一张纸，唯一一个没写完的，就是"KCJ"，这个出众的女孩儿。我说，"交吧，时间到了。"她的情绪，我知道，这也是成长时期的正常反应。但我要提醒她，"人生是直播，不能这么优柔寡断。"她交了，没表达完，有遗憾。

还有的问："老师，可以再给我一张纸吗？"我说："不行。"人生只有一次，人生也是有限的。写不够写反面，再不够，自己看着办，难道我们还真能向天再要几百年？

第一张的故事很多很多……

我再发第二张纸，说："第一纸你们做主，第二纸，我来命题。"我在黑板上写下：回首三年……三年回首……

想索要纸张的人更多了,老师,三年啊,就一张纸?

我点头。

我说:"第二张纸,我不收,你来交。"

我在讲台上坐下,想起来 3 年前,第一次上课,我给他们每一个人发一粒糖,告诉他们语文课是甜蜜的。此时,他们一个一个走上来,交给我一张纸, 3 年……

我轻轻说,当年的一粒糖,化了,化成今天的两张纸……

果然有孩子还记得,"一粒糖的滋味,一点,一点,化在心上,很甜……两张纸,同样是人生,一张自主,一张命题,犹如人生,有主观,有客观,有内因,有外因,有人事,有天意……"

我给孩子们说,我发给每个人的纸尽量都是一样,不损,不缺。有缺角,有划痕,有折角,我都筛选着留在一边了。

有不少孩子在上面写,她要成为一个富翁,他要成为导演……交上来的纸,有的完整如初,有的皱皱巴巴……是不是有谁悄悄地换了一张? 我数数,有两张没有交回来。

我也看到一张写道:"这个班不适合我。"那是个敏感的女生,端庄干净的样子,成绩一般,没有什么大毛病,只是上课小声说话。也许是真的不适合,但是要有一个自己相对适合的姿势,不然多么"遭罪"。我也想到,一个心理测试图片,正眼看去,是一匹骏马,偏一下角度,就是一只癞蛤蟆……

还有的孩子果真学着小品演员的噱头,"此处删去一万字","此处删去两万字"……我看得有笑,有个笑……"CY"写了她的好多第一次,"3 年里,丢人的事太多了……"傻孩子,这都是些再正常不过的事啊……

他们一起要求我,"老师,你也要写,写三年回首!"

要不要每一个人写一句话,有说要,有说不要——要的是爱,不要的

也是爱……

最后一个交上来的是"JJJ",她个秀气内敛的女生,她递给我一朵美丽的纸百合,我却闻到它那么芬芳……

我对每一个孩子都有一句话:在三年里,我都放在时光的眼神里,你看到否,我的孩子?

林克的小纸条

林克的妈妈怎么也没有想到,林克会在这么小的时候就收到了小纸条。

林克的妈妈是一位中学教师,当班主任的她,处理过一些早恋迹象,解决过某些早恋难题,也解答过"早恋疑难杂症"。

虽然专家学者出于爱护或淡化,或科学维护,曾把早恋称之为"交往过密",但是,它实际上指的就是这种人们俗称的早恋现象。

林克妈妈一向反对武断粗暴地对待青春期成长中这种正常的情感萌动。她引导,她疏导,她也防患于未然,她以为那是正常的成长景象。如果长大,不产生那感觉,那情感,那岂不是也是一个问题少年? 只是应该正确对待,科学规范,合理规划。她常用这几词给早恋的学生作心理咨询服务。春风化雨的调解,她的学生中早恋现象是常有的,但是都是船过水无痕地过了青春期的河上了好好学习的岸,她很欣慰自己在这个早恋事件频频发难,屡屡现眼的社会综合作用产生青少年早恋并发症的时期,她的学生没有出现问题和意外现象。

春日的一个晚上,正在写家庭作业的儿子林克,递给她一张纸,妈,给你,这是史小祺给我写的信。

然后,儿子依然写他的作业。

接过字条的林克妈妈吃惊又震慑,字条上的女生写着名字,写着班级,写着学号,如同交作业一样,样样不落,写得认真。她还没学会写儿子的名字,"克"字是用拼音写的,字条间也多是拼音,一上来就是《爱情买卖》里的句子,还有"你太狠心了","我的心都碎了"这样的字句,林克妈妈看得呆了眼。

她故作无事,她在思忖,是什么让小学一年级的孩子们这样做,儿子刚过6岁,小女孩顶多7岁。林克妈妈想到大街小巷播放的《爱情买卖》,她也想到是不是女人在跟男人理论时常说的那"狠心""心碎",被小女孩滥用在这里,这种挪用大人不知道,小孩子也未必懂得是什么意思。林克妈妈还想到了喜羊羊和灰太狼,灰太狼会对红太狼说:"老婆,亲一个。"林克妈妈想到,有一天看到学生的字条,末一句就是这样的一句。她可以委婉地解决学生们心上的早恋。却不知道应该怎么对待连道理都没法明白的儿子,和他的字条。

林克妈妈不想多纠缠,她只想淡化,她想着"淡化"。看着儿子,她说:"太近了,把头抬起来。"停一会儿,林克的眼睛又快要趴在作业本上了,"嗨,抬头!"林克又把头抬起来。妈妈还是忍不住,问一句:"林克,纸上写的什么,你看没有?""什么纸条?"儿子已经忘记了。"哦,我都没有看两眼。"林克答一句,只顾低头写作业。林克妈妈相信,儿子的耐心和读句子的水平有限,他可能根本读不成句,因为小女孩还写错了几个拼音,林克的水平是辨别不出来的,那句子也就无从读懂,况且那是歌词,林克没有关注过这首歌。

"头又低下来啦!"林克妈妈说,"林克,你能答应妈妈两件事吗?"

林克点头，"什么事，妈。"林克抬眼望着妈妈。

"第一，写作业姿势要正确，保护眼睛；第二，以后不要和同学们写纸条，没有意义。"

林克点头，答应。然后又补充说："妈妈，第二个，可以做到；第一个，我不一定能做到。"

林克妈妈暗暗一笑，其实妈妈是裹着第二个目的，要求第一个做到的啊。"孩子，两个都做到吧，妈妈请求的事，就这两样。"儿子还是犹豫，"妈，我会忘记，会不自觉就趴下去了。"儿子的心还在第一个要求上盘旋，林克妈妈明白儿子答应的都会做到，这是以往的经验，林克说过，"妈，我答应过的事，都会做到。"很多事都是这样的，有一次，儿子面对妈妈的怀疑声明道，林克妈妈一回忆，还真是的，凡是林克答应做的，都做到了。

这一次妈妈也相信林克的话。妈妈也知道，幼小的孩子们并不知道太多。可是他们还是懂太多了，林克妈妈想。难道要把孩子们放进真空的教室里一辈子？走出教室，他们就走进社会。

同事东东的女儿，4 岁了，前两天口口声声喊着："生活太没有意思了，让我嫁了吧，现在就嫁给川川吧。"川川是她的好朋友，同样 4 岁。这样的表达哪里来的呢？模仿秀？是秀，还是模仿？

过了一段时间，林克妈妈细心观察与旁敲侧击并用，她放心地鉴定，林克没有再写过，也没有再收到小纸条。

可是，有一天，林克趴在妈妈的耳朵边说："妈，给你说一个秘密，你不要给任何一个人说。"妈妈点头，林克说，"妈，我今天亲史小祺了，史小祺也亲我了。"林克黑乎乎的小手指着花猫一样的脸。

妈妈想着林克的小纸条和这小秘密一样，都会是成长中的小秘密，就像吹拂庄稼的一阵风，风自会过去，庄稼自会成熟。

成长的过程中，在某个时候，谁都有过怎样的小纸条？多少个大人们小时候曾经"过家家"，小纸条多么像过家家时候那"抬花轿"？

芬芳的蜡梅花

天空飘着雪花，和雪花一同落在我手中的还有朵朵芬芳的蜡梅花，花是几个学生随信寄来的，我不禁带着微笑想起那群学生……

3年前的冬天，学校临时安排我接管初三的一个"差班"。

接班前就耳闻他们如何"有理有据"地给校长写信状告老师"违犯教师法"，"侵犯未成年人的合法权益"；也听说他们在数学课上"导演"讲课的老师跳进准备好的水桶，鞋袜淋漓……

一进教室，我就看见靠门的小书桌边缘刻着一个"恨"字，而且右边多了一点，我知道这是一群"恨错了"的孩子。我笑了，我微笑着说："孩子们，我有一个难题，请帮助我解决。"他们停住了嚷嚷，睁大眼睛望着我，眼神很丰富：有吃惊、有冷漠、有怀疑、有猜测……这么多样的眼神一齐注视我，我也有些慌神，不由歪了一下身子，我掩饰地清着嗓子说："我做教师有一个致命的弱点，那就是我的咽炎愈来愈严重了。我今年30岁了，可我的声带却未老先衰，恐怕有300岁的年纪了。"听到这里他们中不少人笑了，有情不自禁笑了，也有故意大声呵呵的，但我发现他们的表情里没有恶意。我放心地微笑了。

接下来的情形可想而知，他们卖力地献计献策，一一道来，我一一点头说"试过了"。最后，他们有些泄气，有的已开始"脖子扭扭屁股扭扭"。

我想我得实施我的"底牌"方案了，否则这只能是一个疲软无效的"情感搭讪"。突然，我听见大胖说："我知道一个方法，就是用蜡梅花拌蜂蜜……"这就是我要等的那个孩子，他终于发话了，我早知道他是这个班的"七寸"。我说："是吗？这个办法倒还没试过……"

窗外，飘着雪花，我和大胖这些孩子的对话也像雪花一样落进彼此心里。显然，他们开始配合我，"帮助"我了。

其实，我只需要他们的配合，并不指望他们的"药方"。事实上，他们在卖力地"帮助"我，也许是放弃了"上网"和"打架"的时间，他们穿越小城去为我寻找新鲜的蜡梅花……

有一天，他们的"小神探"跑来给我说："老师，大胖领着我们找了好几天，找到一片蜡梅树林，我们摘了一些在家晾着呢，等干了给你拿来。"我呆了，始料未及地想他们可别"毁林"啊。

我悄悄叫来大胖，谨慎地想着措辞，不想大胖挺"诡"，一听就明白了，大声大气地说："老师，那是一片没人管的废林子，正改建，快挖没了，再晚了就摘不到了。"我将信将疑地拨通报社朋友的电话，他索性带我去实地考察，果然大胖的话属实。这是一片荒园，就"藏匿"在学校附近，很像鲁迅笔下的"百草园"，本真的自然景色让我很动心，思忖着：哪天带学生来游一回。

一个漫天飞雪的周末，我不经意地发现门口小书桌上的错字"恨"被抹平了，旁边画了一颗心，里面刻进一个"爱"字，我激动了，在班里宣布："放学后踏雪访梅去！"大胖喊："我带路给老师摘蜡梅花去！"

雪花、梅花、孩子们的笑脸、欢声，浩浩荡荡地欢腾在那片荒地，缕缕的芳香缠绕着我的眼耳鼻喉，我快乐着孩子们的快乐。那一刻，我真实地感到这群孩子就是一朵朵美丽的蜡梅花——你闻不到他们的芳香，是因为你还没有走进他们的心里……

花香太浓了，弥漫在眼里，我有些禁不住想落泪了，哦，这芬芳的花儿,芬芳的孩子!

今冬,又飘雪了,看着手中他们寄来的小小蜡梅花,我分明闻到他们心灵里散发的香,我想说,此刻,我陶醉。

会唱歌的香樟树

稿单来,稿单来,稿单又来……

碎银子,碎银子,碎银子响……

碎银子的响声,是香樟树的叶子随风起舞。

你是一棵香樟树。妈妈说。

你是一棵幸福树,妈妈又说,你给妈妈摇来幸福!

小时候的美妮,是一个体弱多病的小孩,见不得烈日,经不得暴风。

妈妈在门前种下一棵香樟树苗,陪伴美妮的童年和少年,别人上学读书,小香樟树叶一样轻飘的美妮,就坐在香樟树旁,听小鸟在微风里歌唱。

美妮和香樟树做伴,对着小树讲心事,说,我好想上学,认字……心里话让香樟树收藏在树梢头,长出片片嫩芽;心里话让妈妈悄悄落泪,妈妈去找小学校长,校长说,这没办法,只能学生到学校来上学。

妈妈跟校长商量,我替美妮上学吧,我来上课,回家教她。校长无奈,答应下来。

于是，一年级某个班里，有一个新生，出奇地不一样，出奇地用功，当然她就是美妮的妈妈。

妈妈白天在学校上课，晚上回家教给美妮。

妈妈是个目不识丁的人，吃力地学习，奋力地教美妮，终于，妈妈还是有很多应用题不会做，妈妈只会努力地读课文，认字。美妮认了字之后，居然又可以教给妈妈那些数学应用题，这么做，这么解……

一日日，一年年，香樟树的叶子簌簌作响，美妮说，像碎银子摩擦的声音，真好听！妈妈说，多美妙，跟美妮成长的声音一样！她们在树下读书，看字，比画字。美妮的手指是不能够握住笔杆的，她只能用心在心上写字，她的记性真好，心上出现的字，就神奇地生了根一样，再不会忘记。这是校长来家访以后，说给校园里的孩子们听的话。

香樟树摇摇摆摆，越长越高，美妮的先天性风湿症，居然在香樟树长到 6 个年轮的时候，奇迹般地大有好转。她可以抚摸香樟树，还可以偶尔玩一把香樟树下的泥土，手和腿的关节不再变形，不再疼痛。

美妮可以自己去读中学了。

香樟树枝叶繁茂的时候，美妮考上了大学了。大学不大，大学不高。那就是当地的一所师范院校。美妮和妈妈高兴得在香樟树下摆上一桌葡萄宴，请来校长和老师，葡萄干和葡萄酒都是爸爸生前的哨所战友得知喜讯寄来的。

那一天，从来没落过泪的妈妈，双眼像小溪，止不住流淌。她说，总算对得起美妮爸妈了，把美妮抚养成人，感谢大家的一路扶持！

美妮也终于知道，自己并不是妈妈所生，妈妈只是亲生父母的生前好友，她的亲生父母是在一次雪崩中因抢救天山脚下的牧童而葬身雪原。

美妮说，妈妈，我是香樟树，你是我的阳光，没有你就没有我。

读大学，美妮力所能及地做家教，写作文，以减轻妈妈的负担。她写的《妈妈、香樟树和我》一系列的故事，溢出岁月的情深似海，一发不可收……美妮说,我和妈妈一起写作,妈妈作,我写,写我们一起过的日子,走的路……

毕业后,美妮教书,写作,爱妈妈,做义工。妈妈说,女儿是我的香樟树,天天都有碎银子响,也是国家的摇钱树哩!

美妮说,我是妈妈的香樟树,香樟树的一根一叶里都是母爱的阳光,我摇动的是满身恩情满地爱!

簌簌的香樟树叶响,如碎银子的响声里,阵阵都是你快乐我幸福的母女相亲,那爱的和弦,摇醺岁月微风……

少年时代的乐土

风在树梢浅吟低唱,此刻我怀念梦想起航的地方;雨在天空潇洒欢歌,此刻我怀念那无忧的少年乐土——青少年宫。

当年我就读的是省重点中小学校,同时也是市青少年宫的主要活动基地,于是就有更多机会参与其各项活动。

我参加过晨练班,每天月亮姐姐还在静静地甜睡着,我就顺着黑黢黢的街道到小学校的门口集合,由体育老师带着跟随青少年宫的老师去跑步,老师们一起指导我们的挥臂姿势、抬腿、落脚方式等,坚持着,跑了一早晨,跑了一学期的早晨,跑了一年的早晨,红红的太阳一枚一枚地落在我的脚后面……我体会到跑步的快乐,也品味到坚持的美丽。从那一

年起我开始喜欢清清凉凉的早晨，喜欢看红彤彤的太阳冒出地平线，悬挂在城市的额头，喜欢看新月、弯月、圆月与小星星同辉。

随着成长我渐渐明白，人生也是长跑，一时的遥遥领先代表不了什么，我需要持久地努力，才有可能赢取人生的胜利。我也慢慢领悟，社会这个跑道上，不必期望事事公允，总会出现掉棒和跌跤事件，这些都并不妨碍生命律动的美丽。

后来，我又参加了青少年宫的绘画班。在绘画班里，我最初学画的是庆祝元旦的两只红灯笼，像达·芬奇画蛋一样，我画了许许多多圆的瘪的灯笼，终于画成一张，老师将它贴在展窗里。有时候，老师带着我们去采风、去写生，我用取景框选出我眼中最美丽的风景，支起画板，凭自己的心意把地上山水搬到我的纸上，把美抹进我的心灵，把湛蓝和芬芳涂抹进我的人生。

生命如画，就看我如何取景、如何运笔、如何留白、如何调色，画的技法让我领悟滚滚红尘中生活的艺术。"大隐隐于市"，我不做隐士，但我喜欢把钢筋水泥大厦间的黑白神情拉远再拉远，我选取地平线上的一棵小草来描绘，于是，眼和心都是绿油油的。暴风雨掀倒了我的空中楼阁，我仅摄取雨水泡起的那行洁白的小蘑菇，咀嚼它的芳香让我回味无穷。

走过岁月，我依然能够清晰地听到当年青少年宫的楼檐边，风儿在青青的树梢浅吟低唱，那是我少年的乐土。

此刻，心儿依旧如欢快的小鸟穿梭于清晨的林隙中，如悠闲的云彩飘荡于广袤的春野。少时的青少年宫流光溢彩，在那里我舞起生命的霓裳。

放 牧 心 灵

我喜欢乐音叮咚里读书,我喜欢夜深人静时读书,忧伤着读书忧伤渐没了;欢乐着读书欢乐变多了。我喜欢秋风起时读书,我喜欢桐花开时读书,书中意砺心志,书之香涤魂魄。 小雨里读哦,眼中有诗意;清风中念啊,长发多飘逸。玫瑰花下读,青春披霞彩;大江之畔念,岁月永不老。

月下见李白,潭边见柳宗元,桃花林中约陶潜;田间秦罗敷,垄上飞鸿鹄,闹市有文君与相如;划时光小船,沿勇者足迹,依智者牵领,立碣石观沧海,看黄龙痛饮,品寒江钓雪,悄然入阿房、访病梅、聆听少年中国说,静察祖冲之长须里的智慧,思忖圆明园里冲天的火焰。 我的桌案上,刘胡兰和贞德目光如水,交流她们对足下土地和身边亲人的热爱;"铀"和" 镭"的经历昭示"戈多"无须等待;徐氏奔马倚凡·高向日葵小憩,稻草人和小人鱼互诉心曲……书中世界是我心灵草场,我的魂魄可以在此自由飞翔恣情歌唱,颠簸红尘里的我的心也可酣畅地把酒临风,摇曳人世间的我的情亦可随处酣眠入梦……

而今,虽愧为人师却站在讲台的我,满怀激情把这一切讲述给我的学生听,引领着这群冰清玉洁的灵魂来此看云卷云舒、赏花开花落、识白云苍狗、学会把春天的耳朵叫醒,让梦的翅膀伸展。我衷心希望我这位

平凡的牧者借这神奇的草场牧出颗颗鲜活的心、塑出个个芳香的魂,让他们成长为日后的勇者、智者、伟者,以启动昌盛无比的国运和丰沛美好的人类幸福。静静的教室里笼着书香,我有一种为祖国放牧未来,为人类放牧繁荣的幸福感和神圣感。我不敢对我的工作有一丝一毫的怠慢,因为读书与教书哪是我一己的事呢!

放牧心灵是快乐的,寻觅草场和选择草质、草量、草种以及对心灵的无形引领和调控都是艰难且须万无一失的,而这一切都是悄然无声又纷繁复杂的。织工疏忽毁一线一巾或者可以重织,铸者大意损一铁一钉或者也可重铸,然而牧者呢,尤其牧人心的人呢? 人一世如白驹过隙,去者可追吗?

闲暇时我喜欢和我的学生聊天、聊书、聊心得,我常常带着学生在操场谈书论书读书,我要知道他们每一个人心灵的轨迹和所在的草场位置,我的牧鞭是爱和尽可能无微不至的关心。如茵的草坪上,孩子们坐成白云朵朵,《白比姆黑耳朵》让他们领略世间的挚情和忠爱,《鹰王》给他们飞翔的勇气和思索……那个课堂上就常溜号画各种汽车的小车迷这会儿又不安分了,索性我和他一起设计"东方豪情"的新款式吧,也请教他"奔驰"和"宝马"的保护装置问题。可他也得听我说说这些个车主是如何起家的,同时读读《车王》这本书,写篇日记告诉我他要成为怎样的车王。一袭白衣的小妞妞在悄悄对着小草练表情,轻轻给她说:风儿捎话来,长大了才可能是位表演家,这会儿读书不能当表演哩……

看着春风里他们笑得鲜艳如花,我的喜悦犹如浩荡着穿越草原的风。我对学生们说,有一天你们走远了,我也能闻到你们心里飘扬的香。学生们眼里的问号大大的,"不信,不信,老师也吹牛!"我说,傻孩子,是书香啊,和老师一起读的书谁能忘?

凤凰羽毛一样美丽的地方

凤凰凤凰，美丽的凤凰，我向往的凤凰——沈从文的凤凰，黄永玉的凤凰，沈从文笔下的、黄永玉画中的凤凰，我想象里的凤凰。

终于，我抵达了凤凰。在一个秋高气爽的午后，在一段静谧安详的憧憬以后，拖着简单的行李，带着简约的心情，我来到它简单的风景里，观看沱江两岸那简约明朗的涛与声、光和影、风及水。

挎篮的老阿妈，她臂弯里花团锦簇的花篮，招惹了我的眼，未等她兜售，我已将一串美丽的花环悬在头顶，美丽的凤凰，让我因你而美丽。

静的水，碧得清；黛的山，绿得切；吊脚楼，一座座立着，霞色里，形影娉婷；豆荚船，一叶叶摇着，水光里，清影婀娜；山在水里，光在水里，影影绰绰，都在水里；白云在水里，天也在水里，岸上的人影和笑语也都含在水里呢。水也在山上呢，天上的白云朵朵，岸上的人影摇动，可也都在山上呢。在水里的山头，韵了涛声桨影里的笑脸与欢声。水天一色，光影相融，静立的房舍是景，行动的人影是景，划桨声是乐，流水声是音，笑语和欢声更是美好的乐音呢。

静立虹桥畔，驻足沱江岸，凤凰小城啊，这里的山光水色，这里的天水云月，皆是你的鬓影发鬟，是你的歌、你的情、你的欢颜、你的笑靥。我也发现，这里的每一丝云鬓鬓影，也都含情含笑在你的美景、你的美丽里。

凤凰凤凰，美丽的凤凰。

乘一叶小舟，漂在沱江水面，这里孕育了沈从文和黄永玉，和众多的凤凰人，他们有名人如斯，也有众多如与我擦肩而过的众百姓。他们的口里，我听得大作家的低调和明白，他枕听涛山而眠，从容而平淡，我走来走去，找不到他的墓地，这边箭头标示那边，那边箭头标示这边，我徘徊着，辨识着，终于发现后人立的那字碑，大而醒目，却什么也不是，只是写着这是墓地。而真正的墓碑，只是一块石，极不显眼，上面只是不落俗套地刻了作家生前的座右铭"照我思索，能理解'我'；照我思索，可认识'人'"及"沈从文"三个字，无记功名，未示名号。倒是后人所立的标志性碑块，大而注目。这也对了，自认自己卑小，他人的口碑，越发"大"哩。

船主人是凤凰当地人，他的船歌唱得高亢好听，我想到沈从文先生说过的，"凤凰人是吃着歌声长大的"，沱江水一样质朴的他告诉我，参观沈从文墓地是不收费的，低调的作家及家中后人都同样低调，特意协调取消收费。

拾级而上，寻觅看到老先生的墓前，放有花环、香烟，还有旁边小树上挂满了小星星、千纸鹤、各式各样的草编物品，分明是前来瞻仰的人们留下的景仰和忆念。我只是轻轻鞠躬，悄声地说："老先生，我来看您了，很景仰您，带了薄薄的一鞠躬，请您安息。"

我不知道，老先生有没有听到，我却感到旁边的小树在温和地笑，如老先生温暖的容颜，那评价老先生的 12 个字"不折不从，星斗其文，亦慈亦让，赤子其人。"轻轻跳动在清风里，"从文让人"，是了，我想到八千里路，云和月、风和尘，我想到山水迢迢，山几重、水几重；我想到山重水复，山重水复里他的身影，我想到，他当年怎样从这里走出去，回来过，又回来了，最终安眠在这听涛山。儿时的他，是否在此听涛，如今，他依在这里，青山绿水萦绕，他在听涛，他枕山而睡，睡着，还是醒着。极目望去,我极想眺望到小城那一端,他的故居里,人们摩肩接踵,参观他的旧时墙垣、儿时座椅、曾经的睡榻……那里是他的起点,这里已是他的终点。人生就这么远吗,人生若就这么近,那么,又何必要千重水、万里山,上大路,转京都……人生啊人生,有怎样的美丽,又有怎样的妖娆,任我们追逐,任我们求索。你那些美丽的字,多么美丽,美丽了凤凰,美丽了湘西,美丽了这一方的人和山水,你又钻进历史的纸堆,研究鲜有人问津的服饰学……我寻了你的文字来,来看你笔下美丽的凤凰,美丽的人情风物,我更看到美丽的凤凰养育了美丽的你、你的文字、你的美好的心。你说,"一派清波给我的影响实在不小",纵观你的人生,你的文,水在其中,水渗其中,水韵其中。美丽的凤凰啊!

凤凰凤凰真美丽。走在青石板,会有清亮的嗓音围上来,阿姨,买一只竹蜻蜓吧。一元一个? 我笑问。为什么不去上学? 老师开会,我们放假了。脆生生的小嗓音答道,看着清秀的小面孔,我恍惚,会不会又是一只苗家的金凤凰,去歌去舞,去唱响外面的世界。

夜晚了,暮色里,放水灯的多了。我拿了水灯在沱河里放,正在叫卖水灯的小男孩看到了,赶紧赶了来,告诉我怎么样,才可以放得远,走得好……我放好了水灯,抱歉地说,我不再买你的水灯了。小男孩纯真的脸,只一微笑,露出好看的两只小虎牙来,"不用哩,阿姨!""再见!"他冲我说,那敦实的小身影,纯真的脸,消失在虹桥边攒动的人影里。我渴望着,一转身又看到一个小沈从文,或者小黄永玉,出现在沱水畔的虹桥边。我知道,对于美丽的凤凰来说,这不是梦,也不是传奇。

我买了腊肉邮递回故乡,在说明一栏里,我写的是"凤凰肉",邮局里工作的小姑娘看见了,哧哧地笑,一旁在寄明信片的游人说:"吃了凤凰肉,不就成仙了!"我顾盼着看到,有张明信片上写着:"寄一缕凤凰羽给您,感谢您的帮助和支持。"还有一个小伙子,一心一意想要邮寄一副银手镯,左咨询右打听,如何才能更快些,这让我想起沈从文致张兆和的信,

也是这么急切地写，心焦地寄啊，不一样的恋人啊，一样炽烈的情感。我望着小伙子痴想了一下，小伙子不好意思起来，"再有两天是她生日，我想让她生日里收到。"我和周围的人都忍不住微笑了，就像谁也忍不住凤凰的美丽一般，千般情万般意地往远方传递，传递凤凰的美丽，传递我们心中的情意……呵呵，凤凰吉祥美丽，吉祥美丽着每个人心上的思念。

夜色里的大排档，有着更多的游人，他们白天享了眼福，此刻要饱口福哩。我也坐下，同时点唱一支歌，给凤凰，给自己，给一路走来的山山水水，这山山水水，沈从文走过，黄永玉画着，哪一个的人生，不也都经历着……歌声里，思绪如凤凰展起双翅，恍然有凤凰和鸣耳际，不觉我已陶醉，陶醉在一个人的凤凰里；其时，凤凰也醉了，醉在那么多人对它的陶醉里。

凤凰凤凰真美丽，凤凰凤凰多美丽！你的山、你的水、你的人，美丽啊，凤凰，如同凤凰羽毛一样美丽……

漫步凤凰，我迷恋它的每一棵树、每一片瓦、每一朵浪花……每天我听到风儿轻声歌唱，歌唱它有多美丽……

来过，就不再离开，它泊在我心上。凤凰，这凤凰羽毛一样漂亮的地方……

阳光做的烟雨

走下飞机，美兰机场正在烟雨中。

等着取行李，暖暖的气流缠绕出满衣衫的汗，棉衣早搭在臂弯，又扒了小外套，间或一抬头，看见朋友带着她的儿子已等在门口，笑脸伴着喊声和外面的大块绿色一起闪进视野，哦，我感觉到海口的暖。

车子走在海口的街上，迎面扑来高高的椰子树和大大的芭蕉叶。

望着高高树上一堆堆的椰果，幼小的儿子有些担心，"妈妈，这是什么？会不会掉下来？"

"不会的，弟弟，这些椰果只是'摇摇欲坠'罢了，不会真的掉下来。"朋友的儿子抢着告诉弟弟说。

朋友笑着对第一次到海南的我说："是不是这些椰子树芭蕉树只在画册上挂历上看到啊？这里到处都是，像咱们中原到处都是杨树和柳树一样的。"

"是啊，真的暖和，风和雨都是暖的。是吹面不寒的杨柳风哩！"我对比似的告诉她，"差点飞不过来，机场关闭好几天了，刚开始放飞。老家的风正刺骨寒呢！"

"海南唯独今年最冷呢，出现了32年来的最低温，以前在海口过年都只是穿衬衫，不要说三亚了。"她告诉我，"去年，我买条新裙子

过新年!"

"可还是暖和啊!"我把车窗摇得更低一些。

"是了,阿姨,这里的雨也是阳光做的!"朋友的儿子像个"小向导",快快地接口道。

"但是,"我的"小向导"又说了,"夏天的风可是雨做的!"

"为什么呢?"我不禁问。

"在中原夏天的风是热,夏天一热,哪里都热。在这里就不同了。""小向导"乐和着,问我的朋友,"是不是呀,妈妈?"

"是的。"朋友也说,"在海南,只阳光下面热,往树底下一站,立时就凉快了。"

"风是凉的,它是雨做的,一吹就凉爽了!""小向导"肯定着。"阿姨,你到夏天还带弟弟来就知道了。"

"阿姨还没到呢,就预约'还来'了!"朋友嗔他的儿子。

"阿姨还是先感受这阳光做的雨吧。"我和朋友笑着。

真的,阳光做的烟雨,暖融融的,陪伴我在海口的时日,它从雨烟,到雨丝,到雨滴,蒙蒙洒洒,浓浓淡淡,让我见不到阳光,看不着云朵,执着地飘着、撒着、落着,执着地告诉我,它是阳光做的,是阳光变的魔术,礼迎我的到来。

阳光做的海南雨,暖着我,随着我。

相约石榴红

石榴花开了，一册书讲授完了。赏析过附录的 10 首古诗，望着学生们石榴花一样热切的眼睛，我有些意犹未尽，拈起白白的粉笔，在黑板上写道："附录的 10 首诗，你最喜欢其中的哪一首，哪一句，哪个词，哪个字？请以此为题目或为话题写一篇 600 字的文章。"

孩子们开始喳喳，又新奇又惊讶的样子，有张小脸高仰着，"老师，我不会定题目。"我于是举例，"比如《云从窗里出》《云》《窗》《落花时节》《落花》《花》……"这分别是吴均的《山中杂诗》和杜甫的《江南逢李龟年》中的字句，然后，我又说："也可以学学赵师秀，以他的《约客》为题目，写一篇现代少年版的《约客》……""也跟他一样，约客不来，闲敲棋子吗？""可惜没有灯花可落，只能是落灯泡了，哈哈！"孩子们议论着，大声地笑。前排的小胖一机灵，"有了，老师，我写《约》，写你跟我们的约定！"

我一下子想起，期中考他们考了个倒数第一，我说过，"咱们一起卧薪尝胆，若是期末还是倒数第一，我就不教你们了，在家'歇菜'！"他们立时急了，"啊——不！！！""'不'也不行。"我瞪着眼，一脸嗔怒。"快别说了，赶紧学吧！"课代表喝令道。

作文写好了，本子交上来，我看到他们写得异彩纷呈，只有一个题目

相同，就是有几个都是写《约》，"老师，你说的不会是真的吧，你是为了刺激我们努力学习，是吧？""老师，我很努力啊，你不能'倒洗脚水连孩子也倒掉'，这是鲁迅先生的话，你也不考虑他的意见吗？""老师，我、莹、灿、晗、达、璠，我们是你的作文天使，也不要我们了吗？"……

其实吧，这个班的孩子们很聪明，理解力强，思维也很活跃，就是纪律性差，又懒于记忆，考察背默识记的题丢分严重，期中考才会"滑铁卢"。我不看重分数和排名，但他们疏于较真，也不屑认真的学习态度令我担忧，所以我便出此"狂言"，压他们一压。

一压果然奏效，附录的 10 首诗，没费一点儿口舌，就齐刷刷地全都背会默好了。

我在给他们的作文写评语中斩钉截铁地写："跟你们的约定是认真的。"

有一天，课代表也忐忑不安地问我："老师，真的是真的吗？""当然真的！"我爽然答道，"没见人家美国总统还引咎辞职嘛！""可总得有倒数第一啊！万一……"课代表无奈地欲言又止。我却笑着不睬。

石榴花落下，石榴小小地挂在枝头的时候，期末考试成绩出来了，他们居然以 0.01 分之差，仍然输在原地。我傻兮兮地连看 10 遍都不信这是真的。我不能爽约！可我怎么守约？！

石榴树在我眼前一片红一片绿，大片大片地晕进我眼里，我的脑子也晕得红红绿绿。我伏在办公桌上，双肩都失去了支撑力。

突然我的右肩被轻轻拍一下，扭脸，是教务主任，旁边站着我的课代表。一沓红红绿绿的纸汇在我的脸前，是孩子们的"退学申请"，"由于学习不力，逼得语文教师辞教，现恳请退学。"清一色的语句，我惊疑地看着课代表。"你不是说要是还倒数第一就不教我们吗？""我还没开始不教呢！""那你说是真的！""我有这么小气吗，就差 0.01 分！""那你还教我们！"课代表诡秘地笑着跳起来，冲出去，然后回来冲教务主任鞠躬,又冲我弯了弯腰。

教务主任呵呵笑起来,给我说《大教学论》里的一句话,"请不要立刻感到灰心,因为在一切事情上面,种子先得撒下,然后才能逐渐生长。"

我也轻松地笑起来,因为有了台阶可以不用守约。同时想起校园里的老园丁也告诉过我,小石榴树苗需要成长 3 年,才能结下大石榴。

石榴花开红艳艳,我期待石榴红。

树洞里的秘密

披着晚霞的爬山虎

待爬山虎青青蔓蔓的枝叶爬满半壁楼面的时候,年年夏天就会有一个修伞人在青翠蔓绿的荫凉下,乒乒乓乓地修理伞具,天天如此,直到晚霞散尽他才收工。

站在高高阳台上,我喜欢看着那一片爬山虎的海洋,看那绿绿的海下面,聚精会神修伞的老人。

爬山虎萌枯人来去,年年如是,修伞老人,冬去春来,每到夏至,他也至,来到这片浓绿的爬山虎下,来到我的视野里。

看着他给人家修理伞,听着人家跟他砍价,他总是笑眯眯的,一副不疾不徐的样子,说:"不能少了,这是最低价。"然后,呵呵地笑,一副挑不出毛病的老好人神态。

久之,这院里的人,来来往往拿来拿去修伞的人,也没有谁跟他讨价。

再久,来修伞的人也不再向他问价。该付几元已成默契,递上5元、10元,该找找,该退退,随意随心,至此,老人的伞摊在我们小区再无波澜。

年年的夏天,老人平淡地来,平淡地去。

一日,耐不住,我问他:"您怎么也不去别处走走,多揽一些生意,也好多挣钱。"

他笑了,满面的皱纹展开来,又折起来,似乎是合辙押韵的一首诗。

"挣不完的钱哩，闺女。够花就行！"然后，他又自问自答似的说："多少钱才够花哩？人心没个够，知足就够了。知足常乐，跟这爬山虎一样哩。"

我奇怪了，问着："怎么就跟爬山虎一样呢？"

他那一脸的诗文，又笑得抖着，"爬山虎爬多高，才算高呢，可是它一年比一年爬得高呢！"

我也笑了，莞尔间明白，这老人也像爬山虎一般，不求多高，年年爬，一年比一年绿荫多，没人在意，它自己也不以为意，但它还是一年比一年多一些碧绿给这楼上楼下的人们。

晚霞里，我被眼前大片镶了金边的碧绿迷住，痴痴地举起手机镜头。

修伞的老人看我冲爬山虎拍照，赶紧挪动板凳躲闪，我微笑了，邀请他，"能不能让我拍一张您和爬山虎的合影啊？"

绿莹莹的爬山虎在我的手机里蔓延，一年一年，一夏一夏，爬山虎量力而爬，不觉间，绿荫越来越多；一年一年，一夏一夏，这修伞的老人，尽心尽力修理伞具，不苛刻，不勉强，尽心力，顺其自然，一伞两伞三伞……越来越多的清凉和晴朗在老人手下延伸，越来越多的凉爽举在人们手上，晴朗撑在人们心头……如同爬山虎一般，率性自然，本真知足。

老人和爬山虎的合影存在我的手机里，凡尘俗事多得掀不动的时候，我只管翻着手机来看，看茂盛的爬山虎旁，老人"多少才是多"的笑纹和"知足就是够"的神情。

日子淡然前行，爬山虎年年爬绿，如老人年年一伞一伞修补荫凉和晴朗，不计少多。

有一次，读到一首诗，写的是爬山虎。

你的生命虽非姹紫嫣红／却有着永恒的绿色／你的身边虽无蜂飞蝶绕／却有着独特的魅力／你不浮躁不会哗众取宠／

默默无闻脚步扎扎实实／待到落英缤纷随风舞／你却披上炫

目的彩虹

读着读着,这些诗行如此眼熟,想了一想,它和修伞老人脸膛上的皱

纹,何其相像……

那一墙披着晚霞的爬山虎,我喜欢。

美丽的小橘灯

冰心老人携了她那盏弯弯山道上的小橘灯远逝了,身后却闪耀了朦

胧的橘光无数。淡淡的橘光从我的老师的眼眸里走来,进驻我童年时的

心灵,而今,我又把它一盏盏挑入我的学生的视野,留存在他们清澈见底

的记忆源头,记忆的路有多长,这坚定勇敢乐观的橘光就亮多远。

每次讲析《小橘灯》,不同的孩子都有相同的欣喜。他们认真记生

字,认真读课文,很投入地随我分析小姑娘的形象,遥想那年月,稚嫩的

目光那么情愿那么自觉,把这缕"照不了多远"的"朦胧的橘光"揣进

心窝。每当此时望着他们小芽芽般葱茏的身影,我会无言,忍不住叮咛

一句:啥时候都别忘了这橘光啊! 因为我想到了人生的风雨,想到了孩

子们要走好长的路。

授课之后,学生们最喜欢做的事就是制作小橘灯啦!在日记里我清楚地了解到谁回家就向爸爸要了两元钱出去买橘子,谁想尽办法才把小橘碗串起来,还有谁扯了妈妈的毛线挑着灯却没当心烛火将美丽的灯烧成"三脚猫"……清晨,我惊喜地看到学生把做好的小橘灯整齐地摆满讲桌,风铃一样挂遍教室的窗台,一桌子的心灵手巧,一屋子的晶莹童心,我为孩子们的可爱心惊!美丽的小人儿美丽的小橘灯,我感到自豪感到满足,为我所从事的工作——点亮小橘灯的工作。

燃尽青春点亮孩子们的心,这是青春之初我为自己立的盟语。"位卑未敢忘忧国"是大学毕业定位教育时我的力量之源。穿梭在操场上孩子们做广播操的队伍里,我仿佛行走在阳光下青翠的小竹林间,分明听见他们的拔节声呢!看到黄昏时学生挑起橘灯的小模样,我由衷地说,孩子,你像小天使!我也会说,你们是一群不听话的小天使哦,快把橘灯收起来写作业!在我这赞美和责备声音里,学生们快乐地前行着。

我醉心于橘灯点燃的美丽和建设孩子灵魂工作的神圣。有学生问,老师我们能亲亲你吗?我不禁笑了,对他们说,在老师微笑的时候,老师的心已经被你们亲过了。

我深爱着我的学生们,祈望他们一生都是坦途一生都如意,可我又清醒地知道每个人生都有风沙弥漫的时刻,在他们的留言册上我写道:"有一天,你或许会感到有些累有些泪,什么都不想说的时候,别忘了老师正燃了你做的小橘灯,等你……"为师的力量微弱,能给予学生的极有限,我只能这样备下一个"紧急出口"以待他日无处可去的孩子的心吧。

我的学生们啊,再多漆黑的暗夜都要让心记住,你小的时候做过一盏多么美丽的小橘灯啊!

小蜗牛看海

　　春天来了,绿柳吐芽,小燕子跳跃着在草叶间、花丛里嬉戏。

　　小蜗牛听着小燕子们叽叽喳喳欢愉地谈笑,忍不住地问:"你们从哪里来,怎么这样快乐? "

　　小燕子说:"我们从南方的大海边来,那里的浪花真漂亮,那里的椰子树真迷人! "

　　小蜗牛早就听大雁叔叔说过大海的故事了,辽阔的大海,他早就想看一看呢。"那我可以去看海吗? "

　　"当然可以了,只要你有毅力,不怕困难,一定也能够看到美丽的大海。"小燕子快乐地说着,飞在柳叶间,亲了一下上面的阳光。

　　小蜗牛下定决心去看海,说行动就行动,告别了妈妈,背起他的小房子,"出发了,去看大海去喽! "他欢呼着出门去。

　　往南走啊,太阳越来越炎热,小蜗牛还背着重重的壳,他好累呀,越走越累,走着走着就走不动了。他趴在地上休息,谁知道一下子倒在荷叶阿妈怀抱里睡着了。在小鸟的叫声里,他醒来了,看到美丽的蝴蝶和蜻蜓在玩耍,在飞翔,在陪着云彩悠闲地慢步,小蜗牛有点后悔起来,"太累了,我不要去看海了。"

　　正在小蜗牛嘿嘿笑着看花蝴蝶和红蜻蜓做飞翔表演的时候,小燕子叼着虫子从他头顶飞过，"嗨，这不是小蜗牛吗？你不去要去看海吗，怎么还在这里呢？"

小蜗牛红了脸，"我，我只是稍稍休息一下，马上开路，马上开路……"

蝴蝶和蜻蜓听到了，一起围过来，"你也能去看海吗，你走得这么慢，还是不要去，还是不要去了。"

小蜗牛想起临出门妈妈的话，"无论如何都要往前走，往前走就一定能看到大海。"他说，"我妈妈说的，我往前走，就一定可以看到大海，还有海鸥……"

小蜗牛说着，告别了蝴蝶和蜻蜓们继续往南方走去，一直往前走，就会有海。

走啊，走啊，小蜗牛的脚丫和手臂全磨红了，起泡了，脸也被荆棘划伤了，他在一洼清水面前停下来，看到自己血糊糊的模样，"哇哇"哭起来。

哭声惊动了鹰哥哥，"是谁在哭？"

"是我……"小蜗牛抽泣着。

"你为什么哭呢？"鹰哥哥关切地问。

"我要去看海，我受伤了……"小蜗牛见到鹰哥哥好像更伤心了，他哭得更厉害了。

"鹰哥哥说，成功都是要付出代价的，你看我身上的疤。"小蜗牛看到鹰哥哥健硕的翅膀上，几块耀眼的伤痕。

"哦，那你疼吗，鹰哥哥？"小蜗牛止住了哭泣，仔细看着大家心目中敬仰和崇拜的"英雄"。

"怎么不疼？但我去过远方，看过大海，征服过闪电，我实现了我的愿望，我跟别人不一样，不信你看我的眼睛。"

小蜗牛看到鹰哥哥的眼睛格外英武，眼神格外明亮。哦，那是一双浸过海水，映过闪电的眼睛！

"鹰哥哥，我要像你一样，实现愿望。可是我是不是迷路了？怎么还没有走到，现在都下雪花了？"小蜗牛询问。

"坚持到底就是胜利，无论朝着哪个方向走，最终都可能看到大海。"鹰哥哥又扇扇翅膀，"听到了吗，我身上还有小螺号的歌声呢！大海就在前方。"鹰哥哥高歌着飞向白云端。

小蜗牛掸落一脸的小雪花，继续背着重重的壳往前走，雪不知何时停了，他渐渐听到了"哗啦，哗啦"的声音，"这是什么声音呢，这么好听，我从来没有听到过。"小蜗牛不禁自语，"欢迎你啊，小蜗牛，我们是大海合唱队的海鸥！"

"海鸥你好！"小蜗牛激动地爬上海鸥的肩膀，听到歌唱："啊，大海——浪花——沙滩——"

小蜗牛兴奋地听着、看着，耳朵和眼睛全不够用！他的眼泪激动得要掉下来了，"小燕子、妈妈、鹰哥哥说得对，坚持到底一定能看到大海。"

看到大海的那一瞬间，小蜗牛已经变得不一样了，他的灵魂成为蔚蓝色，他的心也宽阔得无边无际了。

孩子，回一下头

送孩子上学去。我期待再期待，他头也没回一下，顾自冲向学校。

并不怪小小的孩子，我只是笑笑，走开。

转身走开的时候,我看到,苍颜白发的他、满脸沟壑的她,还有鬓挂微霜的他、眼角纹浅浅的她……是爷爷、奶奶、爸爸、妈妈,他们喊,"哎,孩儿……""宝贝儿……""慢点,小乖……"

听到声音,我在屡屡回头看。回头时,我发现那孩儿、那宝贝儿、那小乖……几乎没有哪一个回头。

我淡淡地笑,有浅浅的无奈,边走,边悄悄地想,悄悄地思念……

曾几何时,那就是我,昔日的我,昨日的我,往事里的我,那一去不回的时光,那追也追不回的过往。

如果可能,我会屡屡回头,冲送我离开乡村的祖母。她的白发飘摇在小村口,她的白发、苍颜,她的小脚,走遍小村,走不出小村田野,那缠了裹布、缠尽岁月烟尘的小脚,她大襟的衣上,铜扣子一闪一闪,是苍老的,惦记的一双眼,一颗心。我远去,我的背影小小,祖母的期待大大,大的一片,是一片天,她期待的一片天……我消失在她的世界里,也消灭了她的期盼,她以为我会像她的小女儿一样,把我嫁掉,嫁得近近的,召之即来,唤我就在身边服侍,她看护我,我照亮她。她期盼里的晚年,是要由我轻轻照亮……

我走了,头也没回,灯灭了。

离开祖母,我来到父母身边,来到城市,上学、上学、上学,奔向我想要的生活,我的梦想,我的向往,我的渴望。我哪里记得身后老祖母,还有她的渴望,她的期待,我是她的灯,而我只寻找我自己的灯,不知道她的灯光摇曳……

有一天,在子夜,我梦醒,人哭——祖母来向我辞行——她的铜扣子亮晶晶的,是小时候我每每摸着的模样,她的发髻一丝不乱,也是我少小时常看见的模样,她白白温和的脸,吉祥地笑着,那么慈爱,依然也是我小时候耳鬓厮磨的温暖如春的温度……

三日后,收到祖母去世的电报。那个时候通信最快的就是电报。回

去奔丧，只说祖母是在夜里走的，因为是到早晨发现的，没有谁说得出祖母离去的时辰。

只有我知道，祖母是在哪一刻走的，她来跟我辞别过。

我买了最多的纸钱，给祖母，燃了最多的鞭炮，在她坟前。可我知道，一无所用。

不如，她在的时候，我一回头，微笑，向她……

一位父亲，身心全在送女儿去音乐厅录音录歌带上，快点，快点，老爸，要晚了——父亲的摩托车疾驰着，紧赶慢赶，终于准时到达。满头大汗的父亲冲着飞奔而去的女儿大喊，孩子，慢一点，不晚哩！女儿跑着，手抓她的包，头也没回，"知道了……"依然跑头也没回。

老爸在那里站着，张望再张望，女儿的背影消失，望不见那一张姣好的脸，他捧在手里，含在口里，揣在心里的女儿。他微笑着，踩油门……

不想，一辆工地铲车晕厥地冲过来，他不能躲闪……

成名后的女儿，每每泪涟涟地说："好想再回一次头，看看老爸那张笑脸！"她懊悔，"要知道是那样，我一定拼了误事，也要回头，再回头……"

送站的人群里，一双浊的眼望着年轻人的肩膀，"孩子，能不能不要走，你爸他……我劝他……"儿子执意地走，头也没回。

空的站口，母亲的泪落下来，打落她的无奈，"犟筋的老头子啊！"她几乎要瘫坐地上。旁边该是赶过来的"老头子"吧，抓住老婆婆的手，"老婆子，做啥子，快回家！"

"你不心疼，我心疼，他再大，也是我的孩子！"老头子一脸疲惫，"你不能总惯着他，他哪一天才能真正长大？让他去闯闯有啥不好？"

半年之后，儿子给妈妈写一封信，"不是儿子不回头，儿子一回头，就走不动了……"老头子逢人就说，不把孩子撵出去闯，骨头就会被他妈溺爱得发软……

三年之后,赤手空拳出去的儿子开车回家来,老婆子喜得又掉泪,老头子呢,眼睛也红了。儿子开车回来,可当爹的比当妈的看得还仔细,儿子黑了,南方的紫外线黑了儿子的脸膛,硬了他的翅膀。

　　儿子再起航的时候,依然不回头,爹和妈都明白,儿子在仔细看前方的路呢!

　　孩子,你回一回头,身后的眼睛,看着你,看着你呢;孩子,要是一回头你就飞不起来,那你还是莫回头,往前走!

　　上班的时候,送孩子的时候,出门看蓝天白云的时候……我的朋友青,对年迈的母亲,总是回头再回头,只因有一回,等候的车在楼下,她急着去赶航班,疏忽了回头看,爸爸发来信息:"妈妈趴在窗口,看你一路……"

　　记得每天出门来,回头望一眼,冲白发的母亲;回头笑一下,给驼背的老父亲;回头点点头,给守候你的爱人和孩子! 到哪里去,心里都更踏实——只因,有爱铺满了你前行的路……

白雪覆盖着我的童年

　　窗外,下着雪花。

　　课前学生在齐声欢唱《童年》:"盼望着……有张成熟与长大的脸……"歌声里,我恍然发现童年的自己离现在很近,它分明就是眼前

的学生。"老师的粉笔吱吱嘎嘎写个不停……操场边的秋千上只有蝴蝶停在上面……"黑黑的小胖唱着这些词在冲我做鬼脸。是啊，多少次，幼时我们的课堂上，老师的粉笔不也是格外刺耳格外多余嘛，我们的心不也是急切地渴盼那秋千上的蝴蝶不要飞啊不要走，等着我下课，我陪你玩……我记得弟弟在回忆童年时曾经说道："重过童年，我会在外面打皮牛，打一天不回家！"

上课了，讲析《从宜宾到重庆》，"重庆这个城市本文讲了几个特点？"我提问认真听讲的孩子们，却发现靠窗玻璃的"小黄袄"正把小小的脑袋扭向窗外，顺着他的视线，我看见白雪覆盖的操场一派光明！"……重要港口、山城、雾城。"课代表在总结她的答案，"对，对！"不少学生在点着头。

结束了新课，我没有马上留作业。"××，请告诉同学们你看到了什么？""小黄袄"怕怕的，忙说："老师，我注意听讲，我……"同学们笑了。我说"真的不批评你，给大家说说吧？""小黄袄"慢慢站起来，狡黠地眨眨眼，"老师我说了你可别生气，我想快点下去，看看我的脚印——刻在双杠下的，还有没有？"我一激灵来了雅兴，"今天的作业，陪××下去看看脚印还有没有，写出日记！"其实，我还想说，"也帮老师看看，老师的童年是不是还在雪下面盖着呢！"学生的欢颜伴着下课铃声飞向操场，一如以前我放他们去观雾去看云彩朵朵的秋日碧空一样兴奋不已。

随着学生，我的思念犹如一只美丽的小狐，从心灵深处溜出，行进在白雪茫茫的校园，捡拾童年的欢声笑语和生命之初最纯真的容颜，最灿烂的遐思，最晶莹的憧憬……

我记得雪下的操场上有我第一句诗，第一行泪水，有我燃过的第一堆篝火，放飞的第一个期盼，还有学着闰土撒下谷米招来的一只只小麻雀以及阳光下春风里飞扬的马尾辫蹦跳的蝴蝶花……那时的目光清亮，那时的脚步稚嫩,那时的心灵谛听花开的声音犹如柔和的月光叩响第一缕思念般芳香……

童年的美丽是我们生命天地之初的白雪,纯洁无瑕,无拘无束!人生路上,累和无奈的时候,我们就会想起它,用它擦拭心灵,胸中常驻芳华!

白雪覆盖着我的童年,覆盖着每个少年人的梦。白雪下的童心是真善美凝结成的生命琥珀,它馨香、它璀璨,它柔韧而执着地将光芒绽放在每一个风险浪急的人生港口。

我帮学生沉重的书包里塞进一双小脚印、一朵秋天的云、一株浓雾里挺拔的校园松,只为有一天,或许他们可以沿着它轻轻走回冰清玉洁的心灵童年。

树洞里的秘密

挖一个大树洞,把心里的秘密藏起来。

小时候,小黎跟姥姥生活,想爸爸妈妈的时候,小黎会不停地哭闹,姥姥会给小黎说:"别哭,别哭,好孩子,把想念藏进树洞里,你爹妈就知道了,就会回来看你。"

赶巧有两回,小黎和姥姥刚在村口的槐树洞里说完秘密,爸爸妈妈就真的回来看小黎。从此,小黎就相信,把秘密放在树洞里,就会有风儿、

鸟儿帮你实现心愿。

　　有一次，小黎把姥姥的花瓷碗打碎了，不敢告诉姥姥，就把碎碗片包起来，放进树洞里，"不要让姥姥知道，不要让姥姥生气！"小黎一步三回头地回到家里。心里很放不下，因为这是一个坏秘密，大树洞会帮助小黎吗？

　　回到家里，小黎发现八仙桌上姥姥的花瓷碗完好无损地摆放在那里，小黎揉揉眼睛，还是那个花瓷碗，小黎惊喜交集，跳起来给姥姥说："姥姥，坏秘密树洞也会帮助小黎……"小黎详细地讲给姥姥听，姥姥慈祥地看着小黎。大舅诡秘地告诉她，花瓷碗是一对，大树让风儿通知了另一只碗，另一只碗又帮助那只碎碗复原了。等小黎气喘吁吁地跑回大树洞，发现里面除了她包碎片的花围巾，什么都没有了。姥姥告诉小黎，因为不是故意打碎的，所以大树帮助了她。

　　多年之后，小黎从妈妈口里知道，姥姥怕吓坏小黎，把姥爷在家时用的另一只花瓷碗拿了出来。

　　但是，小黎从此相信，有秘密告诉大树，它会帮助收藏，帮助成全。

　　上学的时候，校园的一角有一棵大树，考试没考好，小黎会对它讲自己的秘密，伤心的秘密，怕妈妈吵，怕爸爸失望。小黎默默地看着大树，悄悄用小刀剜一个很小很小的圆洞，没人看出来，小黎把所有的伤心都藏在那里，作文得了奖，小黎也去告诉那个小树洞，然后再给爸爸妈妈报喜。后来小黎上大学，离开那棵大树，特意去告别，有位小女生与小黎擦肩而过，小黎惊喜又迟疑地想，她是不是也去藏什么秘密，快乐的、伤心的，还是……

　　不知道的人，以为小黎在大树下孤独地徘徊，其实，小黎和大树有太多的秘密。上大学的时候，小黎爱一个人走来走去，看望校园里最高大最矮小的树，看它们有的茁壮、有的细弱、有的饱满圆润、有的疤痕累累……小黎把自己的秘密交给它们，也仔细品味它们身上的秘密。

　　小黎知道了大树也有不快乐，小树也会很开心，有伤疤的树也照样献出绿荫,被折断的小树也照样萌出新芽,长出新枝……

小黎把朦胧的情怀交给它们,把初恋的喜悦藏在树洞里,小黎以为那是青春时期最大的"秘密";后来,小黎失恋了,小黎才知道,世界如此之大,青春多么广博。大树教给小黎坚强、忍耐、勇敢、向上……小黎考研失败了,大树给她说,不经历风雨,怎么才能长高?

根深才能叶茂。这是大树洞里小黎的秘密们反馈给小黎的真理。因为小黎发现在储藏秘密的树洞里,长出了新芽,发出了新苗,于是明白,即使是自己那些腐朽的秘密,颓丧的情绪,大树也都吸收、化解、纳旧、吐新……

渐渐地,小黎的心里也有了一棵大树,也有了一只大树洞,它藏着小黎不能说的秘密和不想说的秘密,有喜、有忧、有恼、有烦……

多年之后,心灵的大树上,当年快乐的、不快乐的、伤心的、不伤心的秘密藏匿的地方,长出许多绿,长出许多没有想到的果实。

坐在大树下,小黎快乐,小黎忧伤,小黎感觉到力量和包容,树洞里的秘密不知什么时候在她的人生里开出花来……

天 涯 树

天涯树,早已是一种"文化",在传承;更是一种精神,在流芳。

在"天涯海角"景区里,看到它,我还是被震撼。

人们同往"天涯""海角"景点方向，在辗转走过一段曲曲小径与潺潺流水后，快要到达天之涯海之角的时候，路边猛然出现一棵大树，矗立在巨石里，大石头是它的生命家园，它"顽强不屈""坚毅不凡"，芬芳地居于巨石上，挺拔在天地间，每个人的心里，都有一双超然的眼睛，望着它，爱上它。

它是一匹白马，在奔往天涯的路上，跛足石上，愤然成为一株树，永把天涯凝望；它是一株春树，日日倾诉对海角的热爱，咫尺而不能达，思念成疾，痴诚不改，爱如强石，固在足下。

其实它什么都不是，它只是一颗求生存的种子。不巧，也是正巧，落在大石上——它没有土地，也要发芽；它没有水源，也要生根；它没有能有的一切，可是它拥有生命的阳光。要么，它劈石而存而活；要么，它未生先灭先亡。

面对天地间的选择，小小的种子哭了——对艰险害怕，对命运无奈，对生命渴求……

哭也是力量，那是因为心上有阳光。有阳光就有希望，就有向往。因为那阳光本身就是不屈的种子怀揣的向往。

小小的种子朝着梦想走去。

走啊，走啊……

只有黑、只有暗、只有血、只有汗、只有伤、只有痛、只有悲凉、只有悲壮……

走啊，走啊……

小小的种子朝着梦想走去。

……走啊，走啊……

有了光、有了亮、有了声、有了响、有了青、有了芽、有了根深、有了叶茂……

走啊，走啊……

到了天尽头,到了海之角,绿满天涯绿满海角,在这里守望人间春色,在这里唱着生命之歌。

天涯树,是一首强者的天歌;天涯树,更是一首弱小者的神曲。

它告诉你,最强的曾经是最弱的;它告诉你,最弱的可以成为最强的。

也许,天涯树你静默着,本不想昭示什么,你只是站着,在你心里,本没有拼搏,也没有放弃,你只是种子,就在风中雨中阳光下,站成一棵树,哪管是在哪里。

天涯树,你的形象在我心上流芳。

采一把艾蒿带回家

临近端午,教授的这一单元课文全是民风民俗类的,赏《云南的歌会》,品《端午的鸭蛋》,又尝《春酒》……如此赏心悦目地聆听品味着,一个有心的学生递上一把青葱的艾蒿,"老师端午快乐!"

"哪来的?""我和妈妈去山上采的。"深深吸鼻,"啊,醉了!"

学生讶然,"老师,太夸张了吧,真醉了?"

"真醉了。"我答。"我嗅到你对我的情意,感动着,陶醉着!"学生注视着我,听我说。"还有……"

"还有什么?"一群学生围着问。

"彼采萧兮,一日不见,如三秋兮!"

"彼采艾兮,一日不见,如三岁兮!"

《诗经》里的这诗句,遥遥地传来,逼真地现在心上,诗的风采,艾的馨香,蒿的馥郁。朗口念与学生听。

初中的学生不熟谙"诗三百",他们却听过这样的成语,"一日不见""如隔三秋",有人惊喜地跳,"老师是出自这里吗?"

答"然也"。但是明确,是"一日不见""如隔三秋"的成语出自这里,不是"老师"出自这里。

有人说:"老师,你也出自这里。""为什么呢?""一日不见,如隔三秋,适用于你。""嗯?""跟我们,适用于你跟我们。""一日不听语文课,三秋闹'亏空',成绩好不了!"有学生开始"拍马"本师了,为的是端午节给他们带粽子。

本师的手艺包粽子,不累死累活也是累活累死,不如带他们去采艾蒿。

初夏的早晨,带三五学生上山,清风里的艾蒿,一棵棵披着朝霞,闪着露珠,细碎的叶子,毛茸茸、嫩油油,裹着芬芳,扛着一捆艾蒿,分发在每个人的小手上。

记得吧,这是《诗经》里的"一日不见""如隔三秋";这是文学的"一日"和"三秋",也是中国风俗的香蒿和艾叶;这是中华精神,是文化传承……

"老师,能不能不要这么上纲上线啊?"

"不上纲上线,它也是中华大地上的一棵蒿!"

我想起远在大洋彼岸的枫给我的博客留言:"老师呀,出了国门,在异国他乡,我最深邃的体味,我是祖国的一棵蒿!端午节里,想念家乡的粽子和艾蒿……"我回复:"加州的超市里没有中国的粽子吗? 去买来吃!"枫回复:"老师,买了,吃了,不是一个味儿。"

讲给现在的学生听,对他们说:"不是老师煽情,有一天,你们也要长大,要是离开小城,离开这个地方,有你们想念家乡这把艾蒿的时候!"

采一把艾蒿回家,放一缕艾香在心上,你是中华一棵蒿,走到哪里都要快乐!

会开花的声音

春天的大院里,"嘭"的一声响,家里头妹妹和一双儿女,就全都找不见了,他们早已拎了大米或者玉米奔了出去,去爆玉米花。

爆玉米花,是我童年的最爱。在乡下,在城里,在我童年的记忆里,在好多大人小孩的心头,那是一种美丽的花,那是一种春天来到的爆响。

我至今想念童年在乡下爆玉米花的情景,一村子的大人孩子,排了队,在那里等着,听一声声的"嘭"。那是乡村春夜里,最美丽的声音,开出一朵朵美味的花;也是孩童时期,我最美好的一份记忆,爆玉米花的感觉,蜜糖一般美好。

我清晰地记得,每一锅爆开来,那份开心,由里到外,老老少少,脸上心上,全是花儿开开,如那美丽的米花花,喷香的快乐也开了花,跟爆米花一起香甜春夜里每一个人的梦。爆玉米花的感觉,如梦如花,爆满我少年的心堂,那是光着脚丫上天堂的曼妙。

长大了,在城里我发现小城里爆玉米花最热闹的时候,也多是初春时候,鸽哨响起,燕翔蓝天,小河哗哗地流水,小花轻轻地舒展容颜,小孩子猴急地脱去棉袄,老爷爷也拄着拐杖出来噼噼啪啪晒太阳的时候,那噼啪的声音,是春风里一切都在发芽的声音,也是大人孩子心灵拂着春色的声音呢。我知道春来了,随着那一声"嘭",世界穿上了春装,空气里香气漾开来,是那粲然的米花的味道,那是春的声音,春的味儿。嘭,会开花的声音,心上的春花层层绽放了!

花团锦簇的春天,春天的声音也是花团锦簇,我注意到春天的声音有多种,桃花开、蜜蜂来、风儿吹、雨滴落、小鸡出笼、小鸭子凫水、小鹅嘎嘎、农人耕地、工人做工、牛儿哞哞、机器隆隆、种子发芽、玉笛声声、书声琅琅、红日彤彤……我喜欢这样的春之声,一声声,宛如天籁,陶醉了的是大地,是蓝天,是风儿的脚步,还有少年清亮的憧憬,人们快乐忙碌的身影。

最美丽的声音,是春天的声音,春天里,那一声"公平正义是比太阳还要有光辉",那一声"要让人民生活得更幸福更有尊严"——"嘭"——"嘭"——在我听来,分明是历史长河里最美丽的春之声,是人类天空下最璀璨的春之声,完美地爆响在这块占世界人口最多的神奇大地上,春风浩浩,荡漾了世界上最广博的民众心灵。

美好如春风的声音,爆满心头,如蜜糖的花,香了、美了、艳了、甜了每一颗吹拂在春天里的中国心。

"嘭"的一声响,春风里的人们,看你、看我、看他,心花儿全开了!

"嘭",最美丽的花,最动听的声音。

际遇的芳香 第五辑

眼神不好的老师

渐渐地，这个学校的孩子们都知道了，"这个老师眼神不好，轮到她监考要注意点！"

每当走进考场，秦小若老师分发试卷之后，第一句话，就是："大家看到了，我是一个眼神不好的人！"她会示意学生看她的近视镜，接着说："我眼神不好吧，心神也不好，谁要是做了模糊动作，我记下来，还不告诉你！也许会出现冤假错案；出现冤假错案吧，你找我，过后我又不认账。"顿一下，她再说："所以，请同学们避免模糊行为，避免咱俩都犯错误。"

秦老师说得很诚恳，考生们听得目瞪口呆。打算作"文抄公"的，打算作"长颈鹿"的，只好都收了心，重新打算，暗自想："倒霉，遇到个不讲理的。"

考场秩序绝对的好，秦小若老师屡试不爽，也就每每如此，发布考前"演说"。

久之，不需她自报家门，拿了试卷走向考场，远远就听见通风报信的人说："喂，注意了，那个眼神不好的来了！"要么说："心神也不好的老师啊，是她来了！"

于是，考场一片肃静，静静地坐着，静静地答题，师生相安无事得很！

几年下来,在一个教师节,秦小若居然在传达室看到一个信封,师傅说扔置很久了,没人拿走,上面收信人写的是"眼神不好的那个监考老师收",秦小若呵呵呵地窃笑,拈了来拆开,只能是写给俺的了。

果然,里面是贺卡,写着:"我们曾经是三个心里生贼的学生,感谢您的眼神不好,心神也很糟。感谢您,吓跑了我们心里的贼,人生的考试中,我们再不左顾右盼。"下面画了三颗大大的心,心的空处,写了三个"贼"。秦老师快乐地笑,原来是三个长着贼心的。

一抖,信封里又骨碌出两个小球,捡拾起来,稍一用力,手指触得小球直叫,"我是贼胆,我是贼胆!"再一用力,小球竟然张开了,里面是两张小纸条,"您的眼神很好!""您的心神更好!"

秦小若不再笑了,沉静地站着,心里盛满思索和感动。

再次走进考场去监考,秦小若更加认真和郑重地说:"大家注意了,我是一个眼神不好的人……"

这个眼神不好的人啊,管得住每一颗小小的贼心贼胆,多么美妙!

5分钱的高贵

读初一的时候,班里有个女孩叫万平,细高的个子,总穿一件有些褪色的碎花布衣,头上扎着两个翘翘的小辫子,性格很爽朗的样子。

当时,我的座位靠前,她的位置很靠后,加之我们都是从各个小学校刚刚"拔尖"拔进矿一中的，所以并不很熟识。

我对她有印象，是因为她是班主任老师临时指定的学习委员，所以每当自习课上有人说话，就会有一个打雷一样的一个声音传出来，"不要说话了！"顺着声音飘来的地方望，有同学跟我说，她是万平。

近一年过去了，我还是和她没有什么交道，我的家近，是走读的；她家在较远的一个矿上，是住校的。只是在期中考试的成绩公布时，隐约感到她是学习委员，排名并不是太靠前，然后也就依然没有印象，因为高矮个子的悬殊吧，即便是课间做广播操，队伍散开后，我俩也是离的八丈远。

好像还记得她请过几天假，因为一位副科老师上课，照着花名册认学生，点到她，有人说："请假了，她妈病了。"

我甚至忘记了她是怎么向我借了5分钱买冰棍的，情形是一点儿也回忆不起来了。现在想想，也许是偶尔的一次我中午不回家，在学校食堂吃午饭，到她们寝室休息的时候吧。直到班里一位与她同宿舍的同学把5分钱递给我，说："万平还给你的，她说她借了你5分钱买冰棍。"

为什么不是她本人还给我呢？同学说，万平转回他们矿上的中学读书了，她妈妈有病，家里经济困难，交不起住宿费和伙食费了。

我在心里不禁为她担忧：矿上的中学教学质量好吗，会不会耽误了她的学业呢，要知道我们正在读的可是"省重点中学"啊，她怎么能率然就回呢？更让我感动的是，她明明是因为贫困而转学，却偏偏还记得归还给我5分钱，而且是特意让同学转交给我。这份担忧和感动在我心中默默地存了好久，终被紧张的学习和考试冲得远去。

直到我读大学，参加工作，到如今，有的时候，我还是会不由得从快乐或忧伤的生活碎屑里仰起头来，想起万平，想起她还给我的那5分钱。想着她妈妈的病情后来好转了吗？她现在工作、生活得好吗？会不会下岗？居何处，随何人，有了一个怎样可爱的宝宝？还是那样爽爽朗朗地大着嗓门吗？也会想，她当时完全可以不还给我啊，就只是5分钱，况且我都忘了，她又是匆匆急走的，怎么匆忙中还要这么仔细地记得呢？如果她没还，想起她的时候，我会更轻松，或者我可能就不会想起她了。

畅然前行的时光里，我发现万平还回的这枚硬币，让我怎么花也花不尽，它悄立在岁月的壁上，被我一遍一遍地凝望和祝福。凝望里，我看到这枚硬币愈来愈明亮；祝福里，我发现自己也同时被照耀得很明很亮。

我本来是不了解万平的，可是因为这5分钱，让我在人生旅途中越来越认识她了：在她寒微和朴素的外表下面，是一个高贵的灵魂啊。

因为这5分钱，万平，我亲爱的同学，你在我心中高贵一生；因为这5分钱，我相信我亲爱的同学万平，定然是一生都是高贵地活着。

也是这5分钱啊，它照亮我的心，也照亮我的路。谢谢你，万平！

送你一轮红太阳

小的时候，我家住的排房附近，有一个叫小米的小女孩。

小米家的房子有些特别，是很特别，她和爸爸妈妈，还有一个弟弟，住在一辆大篷车里。

小米的爸爸妈妈靠捡破烂维持一家人的生活。

那辆大篷车，是她爸爸妈妈的工作车，捡来的破烂放在上面，拉来拉去，变卖成钱；那辆大篷车，是他们流动的家，白天的吃喝，晚上的睡眠，

全在那车上；夏天的荫凉，冬日的温暖，也全在那辆车里。

我很喜欢那辆车，因为我看见那辆车堆满"垃圾"，却很干净，而且，大篷上，还飘着一轮红太阳。

忍不住，我带着我的弟弟总是想靠近它，探寻里面的故事，聆听小米和她小弟弟的谈话。

我听到小米的声音，"小弟，你真的把太阳挂在我们的家门口了吗？"

小男孩细细的声音，"真的，姐姐，不信我让你摸一摸吧。"

我看到小米的小弟牵着她的手钻出大篷车，小米的眼睛大大的，长睫毛一晃一晃的。

我不禁拉着弟弟，也走过去，赞叹道："好大的太阳啊！"

"是谁？"小米警觉地缩着身体。"是住在这里的小姐姐和小弟弟，他们总来看我们的家。"小米的弟弟说。

我奇怪地看着小米的大眼睛，不敢作声。太阳一看就看到了，干吗要用手摸太阳呢？我纳闷地想。

看着小米一点一点地抚摸那轮大大的太阳。我的弟弟终于忍不住，脆生生地问："太阳是红艳艳的，你看不见吗？为什么还要摸一摸？"

小米一下子哭起来，她的小弟弟像一头发怒的小猪一样冲我们"呜噜"吼着扑过来，"不许说姐姐看不见！姐姐马上就会好，爸爸妈妈已经存了好多钱……"

我吓坏了，带着弟弟赶紧走，小跑着躲开小怪兽一样的小男孩。好久再不敢靠近他们的"家"。

直到有一天放学回家，看到妈妈在翻箱倒柜，弟弟也像挑菜一样，在扒拣东西。"妈，你和弟弟在干什么，我都饿了，做饭吧？"原来妈妈在找我和弟弟穿过的旧衣服，包了一大包，说："你和弟弟抬着送给他们吧，我去煮馄饨给你们吃。"

我和弟弟趔趔趄趄着，抬着小山包一样的衣服走向他们，小米的爸妈正在支锅烧柴做饭，小米又在让她的小弟弟牵着手，一下一下地摸那轮红太阳。我看见红红的太阳，摸得成了紫红色了。看到一堆衣服，小米的爸妈谢了又谢，还硬塞给我们一把一把墨紫色的桑葚，"叔叔在后山刚摘的，甜得很！"

　　于是，我和弟弟，还有小米和她弟弟，4个孩子围在一起，吃着桑葚，摸那轮红太阳，小米和她弟弟不再生我们的气了。夕阳西下，我和弟弟拿出珍爱的彩笔，还有小米弟弟，画一轮一轮的红太阳，送给小米，小米把一沓的红太阳抱在胸前，一脸认真地说："我这里也有日出。"她点着自己的胸口，"我一定画更好看的太阳送给你们！"大家一起笑着，谈论太阳，谈论小米的眼睛马上就会好了，因为他们的爸爸妈妈已经攒了一大把的钱，我和弟弟亲眼看见的，20捆一角的，10捆两角的，6捆5角的……还有2捆5元的，一捆10元！那是我们见过的最多的钱！"像海水一样多。"弟弟看过大海，他这样说。于是，我们坚信小米的眼睛一定能治好的，"这么多钱啊，比太阳光都多哩！"小米也快乐地笑，大大的眼睛，眯成两只弯弯的小船。

　　不久以后，我们再见不到小米和她家的大篷车了，因为那天小米的爸妈说了，"停两天就去省城给小米治眼睛去，一定让她看见六一儿童节的红太阳！"我想，他们一家人一定是带着那轮明亮的太阳去省城了。

　　儿童节又到了，去幼儿园采访，看到满园花朵一般的孩子在画天上的、心里的太阳。想起小米，她画了哪一幅太阳，天上的这轮也是她画的吗？

走一步，再走一步，轻轻拉住梦的手

"理想是石，敲出星星之火；理想是火，点燃熄灭的灯；理想是灯，照亮夜行的路；理想是路，引你走到黎明……"

假期在一个辅导中心临时代课，"一对一"所辅导的那个孩子吓了我一跳，他说看不懂上面这些句子。写作时，我帮他开导思路，无意中问他："你的理想是什么？"

他没有告诉我，请如老师、医生、航天员……或者说，是花、草、大树……我听到过最慷慨豪迈的回答，是当英雄，我听过最卑微淡然的选择，是当在路边为英雄鼓掌的人；也有最实惠的答案，长大赚大钱，也有最虚幻的回答，做流浪的白云朵……

可是，还没有孩子像他一样告诉我，他没有理想。

我是传统教育的"传声筒"，我僵化的思维，对这"不可理喻"的答案莫名其妙，"虽口有百舌，不能名其一处"，愣住的我终于回过神来，愚蠢地问孩子："为什么？怎么会没有理想？"

"不为什么，就是没有理想。"孩子依然个性又另类地回答我。

思忖一下，我又试探："来这里学习呢？这么高额的辅导费，你用它来做什么，来这里陪我聊天吗？"

"提高成绩。"他终于回答我。"是我妈非要给我报的，她让我提高成绩。"末了,他又补充。

"你自己不想吗?"

"想。"

我笑了,问他:"那能不能,把提高成绩当成你这个暑假的理想?"

他是一个乖孩子,只是眼神和神情有着与年纪不相配的淡漠。

"再远一点的'想法'呢,有没有?"我不再敢用"理想"两个字。

"考上高中。"他说,"我爸说,考不上学,啥也不能想。"我赶紧笑着夸他,"你不是没有理想,只是更现实,对吧?"他不理我的话茬儿。

"还记得我们学过的课文《走一步,再走一步》吗,你是把理想分开来,一步,一步地去跨越,你才是行动的巨人!比那些夸夸其谈些空想的人踏实得多!"

他疑惑地以不可能的眼神看我,我分明看到,此时他的黑眼睛有了亮光。

他按我的要求写作文,写得符合要求,但是行文没有文采,没有灵性。这是一个压抑感很重的好孩子,没有不良习气,没有出格的行为,他听话,也懂事,只是成绩不够好。

再次辅导的时候,他把作文交给我看,然后低头笑,很不好意思。

看着作文,我问他:"笑什么?"

"紧张!"他答。

"紧张什么?"

"不知道写得好不好,怕你说不好。"

我看到开头,他写"我是没有理想的,辅导老师帮我开发了我的理想,她还点燃起我的心⋯⋯"

我惊诧地夸赞:"真好!就是要写自己的感受。"

他不相信自己地看着我,"真的,假的?"

我点着头,"是真的,就是这样,这句子发自肺腑,是从你自己心里

头流淌出来的，热乎乎的，真好！"

他向我告假，要和妈妈去郑州找爸爸，一起参加"军歌嘹亮"八一晚会，我和他商量，"可以少写点作业，不写也行，一家人好好聚聚……"他打断我，"没事，老师，多留点吧，我想多写！"

"那还写你的理想？"我笑着逗他。"还写也行啊，老师，我也可以写得多了。"他答。

"那就跟爸爸谈谈，你不是没有理想，只是在寻找，一家人商量商量，怎么样才能很好地找到它，实现它吧？"

"还有呢？"

"还可以让爸爸谈谈他的理想，古往今来，有名的人，没名的人，大家都是怎样的理想……"

他又交来一篇作文，题目是《五颜六色的支点》，他写着"人生是杠杆，理想是支点……"

我笑着夸他："不是没有理想，是理想太多了，眼花缭乱地在寻找……"

"老师，是你让我寻找！"他感激地看我，我拍拍他年少的肩。

他清清的笑容向着我，"老师，我真的能拉住梦的手吗？"

"走一步，再走一步！"我对他说，是教科书上的原话，书里的小孩，走下了悬崖，也走过人生坎坷，踏得荆棘成繁花……

母亲的花儿

五月花,开得正艳,像是妈妈的爱,像是妈妈心上的儿女。

一天在学校厕所里,我无意中听到一位在附近当清洁工的女学生的母亲对同伴说:"没他爸了,闺女也不知道体谅我,一个月才挣 300 元钱,她今儿要交这费明儿要交那费,要买这买那,天天还得要 4 块钱的零花钱,我自己 5 毛钱都过一天了……她都不知道她妈咋活着的,还总是惹事,我都快疯啦!"这个拉垃圾的衣服脏兮兮的母亲一口一声女儿的名字,我早听出来是班里被大家称作"霸王花"的那女孩子的名字。

记得一次这可怜的母亲还找我证实"是不是交杂志费 12 块",其实是没有的事。她的处境她的话语让我心酸不已,一种"可怜天下父母心"的疼痛充满我心胸。看着花坛里绽放的花,美好得就同那母亲的心,想想她那花钱如流水、昨天还在与人打架的女儿,我的心疼了,眼也疼了。看着阳光下的花,轻轻抖动,如母亲的心在颤抖,淡淡的,却很惨烈的,如同这一份母爱……为着如此艰难困苦的母亲吧,我不该放弃任何一个"无可救药"的学生,愧疚的虫子咬啮着我的心肠,可刚才我还想着,再有月余就毕业考试了,索性对班里这枝"花",睁只眼闭只眼吧。

哪个女儿不是妈妈心头的花,妈妈任劳任怨疼着女儿,女儿可知晓妈妈的心有多疼吗?知道妈妈为了她的绽放她的灿烂、为了她的亭亭玉立她的浓浓芬芳,付出了怎样了不起的汗水和心血吗?女儿可曾想过自己的所作所为是否对得起母亲红尘里的沧桑和悲哀？母爱如花，给予女儿一世的光艳，女儿可曾用懂事的心，回报母亲一缕霞色吗？母爱如花啊，母亲心上的花——我幼稚的女学生，还有天底下未经年、不晓事的儿女们，用你的鲜妍和馨香抚慰母亲枯萎在人世间的泪花吧，不要再让妈妈失望，不要再叫妈妈心伤。

再上课的时候，我提问那个额前头发染成橘色的母亲的"花"，她说老师我不会，然后开始冲着同学们笑，笑成满脸全是大白牙。我启发着，她答非所问，一边还在呵呵呵笑着。无奈，我示意她，坐下吧。可是她母亲愁苦的声音在我耳边浓墨似的弥漫开来。都写练习题了，她依然在嘻嘻哈哈逗着抢同桌手里的本子。我走过去轻声对她说："你一直在玩是吧，知道妈妈正在太阳下拉车吗？"她低下头去，一会儿又仰起脸来笑了。我的心疼起来，我感到那颗拉着一车垃圾的母亲的心，也在疼，在阳光底下，火辣辣地疼。

爱如鲜花，芳香美丽满天涯。孩子，不要等到它散落在地上，你才褴褛地捡拾父母这份如花的心意。

际遇的芳香

草灿烂同志是我的同学好友，她办报纸，我自然得捧场，就像当年在学校，她逗哏，我就得配合做捧哏。

如今，她办报，我就订报，发动亲戚朋友，同事学生，都来订。结果，也就我的学生订了几十份。她说："你办的好事，就那几份，还不够我搭邮费的，自己去取哈！"电话这头，我还没敢不哈呢，她就把电话给撂了。

结果，她居然给我发了一个离市区最远的物流。

拎着一沓报纸去等公交车，我贼贼的眼居然发现，此地好好耶！

我看到了一地油菜花，一树盛开得如火如荼的桃花，还有一地落英缤纷的梧桐花，还有还有，一浪高过一浪的浅浅麦苗。那个美哟，香了吾眼，香了吾心。我晕晕乎乎地，就把报纸掂上公交车了，那么老远的路程，我吃了迷魂药一般，一转眼，就到市中心了；那么一大段一大段的徒步走、徒手拿，多累呀，对于平时手无缚鸡之力的我来说，天大的不容易，我居然也灌了迷魂汤一样，眨眼就到校园里了。

到底是相知多年的草灿烂，她还很有良心地打来怜悯的电话，说，给你换个近的地方或者就给你递到吧。

我急应，不必，不必，区区几份小报，不必麻烦！

她诡异的笑呵呵呵地传来，不会是遇到什么好处了吧？

我这端电话里，也呵呵呵地一通笑，她大喝，如实招来！

我于是招来。

从此替草灿烂出征，我如同花木兰，一个月4期报，我就跑4趟郊区。

第一次，我遇到了漫天的灰尘，也际遇到了花草的香，春天的感觉浓浓地荡漾心上，我想，不是草灿烂给我支到这来，我怎么可能认识这一大片田野和漫天的香气呢。

第二次，我遇到了初中时候的一个同学，十几年没联络，她居然和我肩挨肩坐在公交上，侧目、侧目、再侧目，她试探叫一下，小声地叫我名字，然后扭转头去。我不答应，也扭转头去，自语道，鲁迅家的长妈妈说了，美女蛇叫两声，才可以答应。我正襟危坐，眼睛快要斜到眼眶外边去了。她哈哈大笑，秦小若，我是郑丽梅。于是，我们缠在一起，成为两条不美的女蛇。话匣子像汽车一样向前冲，郑丽梅同学到站了也不下车，陪我拎报纸去，我于是乐，这次可是携了美人归，美人还替我拎着报纸，真正梅香盈盈，郑丽梅不就是一枝梅吗，香了我的记忆，香了我的回忆。

第三次，我遇到了一个卖菠萝块儿的小姑娘，她的两只眼睛香香甜甜地伸向我，如同两缕芬芳，禁不住走上前去，来一块，她却说，不收你钱，我认识你。甜甜的声音也带着香。我奇怪地看着她，心想，这傻丫头片子，哪里可能认得我，我在这里，没认识的人啊。她笑了，香香甜甜地给我说，你教过俺姨妈哩。我笑得差点惊天！怎么可能。她就说，真的哩，你当年可是在邓李农中实习？你是叫，叫秦小若，是不是，你很会写作文，是不是，我姨妈昨天还给我念你的文章呢，你是不是说，要做一枚愉快的草莓？我惊呆。她继续说，刚才我听到你接电话说，喂，你好，我是秦小若……我姨妈还从网上下载你的照片给我看……小姑娘滔滔不绝说起来，我的耳里眼里心里飘满了香。

第四次、第五次、第六次……还会有怎样的际遇，等着我，在不远的前方，在不远的地方。际遇是一场美好的邂逅，是一段喜悦的相逢，是惊奇的喜，是诧异的乐，是一缕一缕香，是尘埃里飘浮的一朵一朵云霓。

用心呵护，真诚相待，快乐地守候，守候一份快乐，幸福地张望，张望每一份幸福，芬芳着行走，际遇一阵阵芳香。

春天的早晨

小鸟叫醒了大地，叽叽喳喳的叫声里，春天睡醒了。

春风轻拂晓窗，小男孩道道和妈妈起床来。早上好，宝宝！早上好，妈妈！

让我们去晨练吧。好啊，妈妈！

早上好，春风！早上好，小鸟！道道钻进微笑的轻风，仰望冲着他点头歌唱的小鸟们，口中问候。

爷爷奶奶好！道道你好！晨练的阿姨却说，小鸟你好！

错了错了，我不是小鸟，小鸟在那里叫。道道指着绿色的小树。

你是小鸟，是一只快乐的道道小鸟，你也在春天里叫！阿姨说。

呵呵，妈妈笑了，她说，道道还和小鸟一样会说早上好。

哈哈，道道也笑了，妈妈，我也和小鸟一样会带来春天。你看草莓树都开了小白花结果子了，那可是我从奶奶家拿来的春天啊。是不是，妈妈？

是的，道道初春回老家看奶奶，从塑料大棚里带回8棵草莓苗，已经层层长出新叶，绽放出洁白的小圆花，长出红嫩的果呢。他和妈妈一天看三回，看得春色四溢，在家里小院，在心上眼里。

看，你真的是一只小鸟，衔来了春光和春的滋味。妈妈掐了一个小草莓，含在口里。

晨练后，道道给他的草莓浇水。草莓，你好，早上好！他掐了一个放进小嘴巴里嚼着。

妈妈，你怎么不吃它啊？

我在慢慢品味春天呢。

那我不是把春天吃下去了吗？道道做了一个吞咽的动作。

你吃下去春天，就会长成春天哩！妈妈说。

错，妈妈，我是儿子，怎么会是春天！

因为你和草莓一样，给妈妈一种春天的感觉，当然就是春天，你们一样美好！

道道却说，刚才我还是小鸟呢，这会儿又是草莓又是春天，我不是成孙悟空了吗？

春天里，什么是孙悟空呢？妈妈问。

道道不懂，歪着头看妈妈。

春风，春风是不是啊？二月春风似剪刀，春天都是它变化出来的。

哈哈，道道笑了，妈妈，小河小溪，也是春天的孙悟空，我们去山里，爸爸说，是它们浇得山青树绿草开花的！

对，对，春天的孙悟空可多呢！

只要变出春天来，就都是春天孙悟空哇！道道惊喜不已。

他和妈妈一起来到了早市上，妈妈，这些卖菜的叔叔阿姨也都是孙悟空。

为什么呢？

你看他们变出这么多菜，草莓、樱桃，这不都是春天吗！

呵呵，真的呢，这一条街上到处都摆着菜农变来的春天。

道道和妈妈提了一嘟噜的"春天"回家去，太阳红红地照着大地。

妈！道道大叫，太阳也是孙悟空，它变出春天的白天和黑夜，变出春天的雨，大朵的白云！它还变出红色的人脸！你看大家的脸都是太阳的颜色，看，树也是，小狗也是……

看着道道又急又喜的样子，正在扫地的清洁工阿姨乐了，招呼他，小伙子，看，我的扫帚可以把太阳扫得哪都是！

道道安静地看，噢，那你也是孙悟空，还会变出一地阳光！让每条路都亮堂！

他恍然大悟似的对妈妈说，春天的早晨，到处都是孙悟空，他们都会变出春天！

是啊，这些孙悟空变出了生活的春天，时代的春天。妈妈赞美地接口。

妈妈牵了道道的小手，那咱回家去，妈也给你变一桌春天的早餐，好吗？

道道乐得阳光一般，春风一样，小鸟似的，他跳着走着，俨然是踩着春天前行。